Ian
McEwan

*The
Daydreamer*

梦想家
彼得

〔英〕伊恩·麦克尤恩 著
马爱农 译

上海译文出版社

目 录

作者序 001

介绍一下彼得 001

第一章 洋娃娃 013

第二章 猫 031

第三章 消失油 053

第四章 恶霸 067

第五章 小偷 083

第六章 婴儿 101

第七章 大人 121

导 读 成长即"变形" 137

献 给

波莉、艾丽斯、威廉和格雷戈里,谢谢。

> 我的目的,
> 是讲述那些身体被转变成不同形态的故事。
>
> 奥维德,《变形记》,第一部

作者序

《梦想家彼得》每写完一章,我都要大声地念给我的孩子们听。这种安排很简单。他们听到了我们所谓的"彼得故事"的最新内容,我拿到了一些有用的编辑意见。这种愉快的,几乎是仪式性的交流反过来影响了写作本身,我变得比平时更专注于成年人说每一句话的声音。这个成年人不是或不仅仅是我。我独自在书房里,代表这个想象中的成年人,对一个想象中的孩子(不一定或不仅仅是我自己的孩子)大声朗读故事的内容。听和读,我都想得到愉快的体验。

我原以为我本能地知道孩子的需求:首先是一个好故事,

一个令人喜爱的英雄，是的，反派，但并不总是反派，因为反派过于简单化，开头很仁慈，中间很曲折，结局并不总是皆大欢喜，但令人满意。对于这个成年人，我只感到一丝隐约的同情。我们都喜欢睡前故事——清新的气息，睁得大大的、充满信任的眼睛，暖水袋焐着干净的亚麻床单，睡意蒙眬的亮闪闪的契约——谁不想把这一幕刻在自己的墓碑上呢？可是，成年人真的喜欢儿童文学吗？我一直认为这种热情有点夸张，甚至过度夸张。"《燕子号与亚马孙号》[①]？比阿特丽克斯·波特[②]？超级棒的书！"我们说的是真心话吗，我们真的还爱读它们吗，抑或只是在为我们那个失去的、几乎被遗忘的自我说话，并与那个自我保持联系？你上次蜷着身体读《海角乐园》[③]是什么时候？

我们喜欢儿童读物，是因为我们的孩子们从中获得快乐，而这与文学无关，更多的是与爱有关。我在写作和朗读《梦

[①] 英国作家阿瑟·兰塞姆（1884—1967）所著的一套风靡世界的系列儿童探险小说。
[②] 英国作家、插画家（1866—1943），最著名的作品就是《彼得兔的故事》。
[③] 亦译《瑞士家庭鲁滨孙》，世界经典儿童探险小说。

想家彼得》的初期就开始考虑,最好忘记我们强大的儿童文学传统,用孩子们能理解的语言为成年人写一本关于孩子的书。在海明威和卡尔维诺的那个时代,简单的文字不会让老到的读者望而却步。我希望这个主题——想象力本身——能让任何一个拿起一本书的人感到兴趣盎然。同样,在所有文学作品中,变形一直都是一个主题,甚至近乎一种执念。《梦想家彼得》在英国和美国出版了儿童插图版,在其他国家出版了较为严肃的成人版。曾经有一个传统,作家们把自己的书交给命运,就像父母把自己的孩子送到大千世界一样。"去吧,小书……"这本书很可能会静静地放在儿童图书馆的一角,或者湮没在遗忘中,但是目前,我仍然希望它能给大家带来一些快乐。

伊恩·麦克尤恩

1995 年

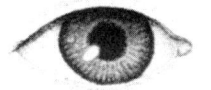

介绍一下彼得

彼得·福琼十岁的时候，大人们有时会告诉他，他是一个问题儿童。他一直没搞明白这是什么意思。他觉得自己一点问题也没有。他没有往花园墙上扔牛奶瓶，没有把番茄酱倒在头上假装流血，也没有用宝剑去砍奶奶的脖子，尽管他偶尔也会想想这些事。除了土豆以外的蔬菜，还有鱼、鸡蛋和奶酪，他没有什么不吃的。他并不比他认识的其他人更吵闹、更肮脏，或者更愚蠢。他的名字也很容易念、很容易写。他的脸白生生的，长着雀斑，很容易让人记住。他像其他孩子一样每天去上学，从来不为这个无理取闹。他对妹妹态度很差，但妹妹对他也不怎么样。警察从来没有敲门要逮捕他。穿白大褂的医生也从来没有提出要把他带去疯人院。在彼得看来，自己真的是挺乖的。他会有什么问题呢？

直到彼得长大成人许多年后，他才终于明白了。他们认为他是问题儿童，是因为他太沉默了。沉默似乎让人们感到不安。还有一个问题就是他喜欢一个人呆着。当然，不是所有的时候。甚至不是每天。但是大多数日子里，他喜欢跑到自己的卧室或公园里，独自呆上一个小时。他喜欢一个人呆着，想想心事。

话说，大人都愿意认为他们知道一个十岁孩子的脑子里在想什么。但如果某个人一声不吭，你是不可能知道他在想什么的。人们经常看到，在一个夏天的中午，彼得仰面躺着，嘴里嚼着一根草，眼睛盯着天空发呆。"彼得，彼得！你在想什么呀？"他们大声问他。彼得就会猛地坐起来："哦，没什么。真的没什么。"大人们知道那个小脑瓜里在琢磨着什么念头，但他们听不见、看不见、感觉不到。他们也没法让彼得停下来，因为他们不知道他脑子里到底在想什么。他可能正在放火烧学校，或者把妹妹喂给鳄鱼吃，然后乘着热气球逃跑，但他们看到的只是一个男孩盯着蓝天发呆，眼睛一眨不眨，你叫他的名字他都听不到。

关于独处这件事，大人们也不太喜欢。他们甚至不喜欢别的大人独自呆着。如果你合群的话，人们可以看到你在做什么。他们做什么，你也做什么。你必须合群，不然就会破坏别人的兴致。彼得却有着不同的想法。合群本身倒不是一件坏事，但是合群的时候太多了。事实上，他想，如果人们少花些时间合群，或强迫别人合群，每天多花点时间独自想想自己是谁、有可能是谁，那么，这个世界会变得更加快乐，战争可能永远也不会发生。

在学校里，他经常是身体坐在课桌前，思绪却跑到了千里之外。即使在家里，白日梦有时也会给他带来麻烦。有一年圣诞节，彼得的爸爸托马斯·福琼正在客厅里挂装饰品。他很讨厌做这件事，每次都为此心情不好。他决定把几根彩带高高地挂在一个墙角。说来也巧，那个墙角有一把扶手椅，而无所事事地坐在扶手椅里的，正是彼得。

"别动，彼得，"托马斯·福琼说，"我要站在你的椅背上，往墙上挂东西。"

"好的，"彼得说，"你站吧。"

托马斯·福琼站到了椅背上,彼得却开始想入非非。他看上去好像什么也没做,实际上他忙着呢。他正在发明一种很刺激的下山办法,只要一个衣架和一根绷在两棵松树间的铁丝就能办到。他继续琢磨着这个问题,与此同时,爸爸站在他的椅背上,喘着粗气,使劲儿把手够向天花板。彼得想,怎样滑下去,才能不撞到绷着铁丝的那两棵松树呢?

也许是山上的空气使彼得想起自己饿了。厨房里还有一包没拆开的巧克力饼干呢。再由着它们放在那里就太可惜了。他刚站起身,后面突然传来一声可怕的巨响。他转头一看,正好看见爸爸头朝下掉在了椅子和墙角间的空隙里。接着,托马斯·福琼又出现了,头先露出来,他那样子好像恨不得把彼得剁成碎片。

房间那头,彼得的妈妈用手捂着嘴,不让自己笑出来。

"哦,对不起,爸爸。"彼得说,"我把你给忘了。"

十岁生日后不久,他得到一个任务,带着七岁的妹妹凯特一起去上学。彼得和凯特上的是同一所学校。步行十五分钟,乘巴士也没多远。平常,他们和爸爸一起步行去学校,

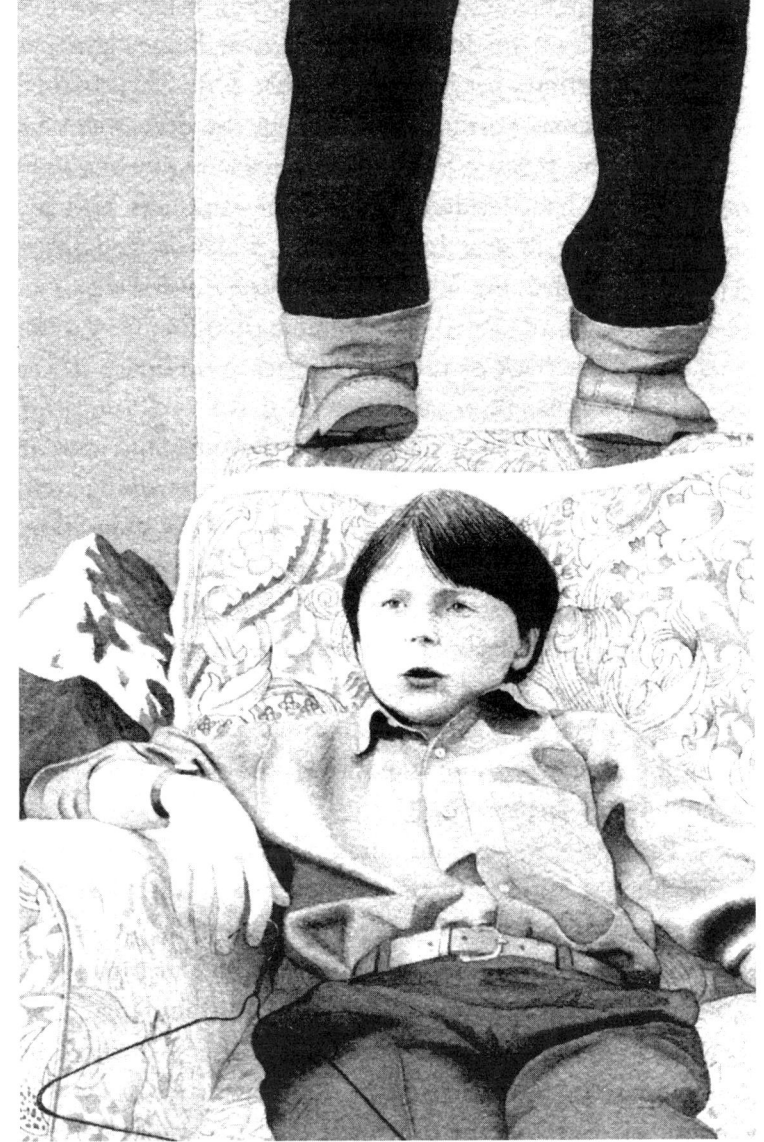

爸爸上班的时候顺路把他们带过去。但是现在，大人们认为两个孩子已经长大，可以自己坐巴士去上学了，彼得就担负起了责任。

其实只有两站路，但是爸爸妈妈没完没了地唠叨这件事，你还以为彼得要带凯特去北极呢。前一天晚上他们就跟彼得交代过了。第二天早上彼得醒来后，不得不又听他们说一遍。然后，吃早饭的时候爸爸妈妈也一直在反复唠叨。两个孩子出门时，妈妈维奥拉·福琼又最后把规则讲了一遍。大家肯定都觉得我很笨，彼得想。也许我真的很笨。他要一直牵着凯特的手。他们要坐在巴士的底层，凯特坐在靠近车窗的地方。他们不能跟疯子或坏人讲话。彼得要大声告诉售票员他在哪一站下车，还要记住说"请"。他的眼睛要一直盯着线路。

彼得把这些重复了一遍给妈妈听，然后和妹妹一起出发去巴士车站。他们一路都牵着手。事实上，他并没有不高兴，因为他实际上是喜欢凯特的。他只是希望不要让他的朋友们看到他牵着一个女孩的手。巴士开过来了。他们上了车，坐在底层。坐在那里还牵着手就太可笑了，而且周围还有学校里的好几个男孩呢,所以他们就把手松开了。彼得心里感到很骄傲。不管在哪儿他都能把妹妹照顾好。妹妹完全可以信赖他。假如他们俩单独在一个山口,对面是一群饥饿的狼,他肯定知道该怎么办。他小心翼翼,不做出突然的动作,悄悄地带着凯特一起离开,直到后背靠上了一块大岩石。那样狼群就不能包围他们了。

然后,他从口袋里掏出两样他记得随身携带的重要东西——他的猎刀和一盒火柴。他拔出猎刀,放在草地上,准备迎接狼的攻击。狼群现在越来越近了。它们饿得直流口水,低吼着,咆哮着。凯特在哭,但他没法安慰她。他知道自己必须集中思想,执行他的计划。就在他脚边有一些干树叶和干树枝。彼得麻利地把它们迅速拢成一小堆。狼群在一点点地逼近。他必须把这件事做好。火柴盒里只剩一根火柴了。他们能闻到狼的气息——一种难闻的腐肉的恶臭。他弯下腰,把手拢起来,擦着了火柴。一阵风吹来,火苗扑闪着,彼得把它凑近那堆枝叶,一片叶子被点着了,接着又是一片,然后是一根树枝的梢梢,很快,那一小堆枝叶都燃烧起来了。他又把更多的树叶和大大小小的树枝堆了上去。凯特明白了他的意思，也来帮他。狼群正在后退。野兽都害怕火。火焰越跳越高，风把烟灌进了它们滴着口水的嘴里。现在彼得抓住了猎刀……

太荒唐了！如果他不小心，这样的白日梦没准儿会让他坐过站的。巴士已经停住。他学校的孩子们都在下车了。彼得赶紧一跃而起，他刚跳到人行道上，巴士就又开走了。他在路上往前走了五十多米，才意识到自己忘了什么东西。是他的书包吗？不对！是他的妹妹！他把她从狼群里救了出来，然后就留她自己坐在车上了。他一时间迈不开步子。他站在那里，看着巴士在路上开走。"回来，"他喃喃地说，"快回来。"

他学校的一个男孩走过来，使劲拍了一下他的后背。

"嘿，怎么啦？见鬼了？"

彼得的声音好像是从很远的地方飘来。"哦，没什么，没什么。我有东西落在车上了。"说完他拔腿就跑。车子已经开出了四分之一英里，开始减速，准备停靠下一站了。彼得拼命往前冲。他跑得可真快啊，如果把双臂向两边张开，也许都能飞起来了。然后他就能从树梢上掠过，然后……可是不行！他不能再做白日梦了。他要去把妹妹救回来。她没准儿已经吓得大声尖叫了。

几个乘客下了车，车子又开动了。他比刚才离得近了些。巴士跟在一辆卡车后面慢慢地开。他只要不停地往前跑，不理会腿上和胸口的剧痛，就准能追得上。他跑到车站旁边时，车子离他只有一百米了。"再快一点，再快一点。"他对自己说。

候车亭旁站着一个孩子，在彼得经过时大声喊他。"喂，彼得，彼得！"

彼得没力气转头。"不能停下来。"他呼呼地喘着气，继续往前跑。

"彼得！停下！是我。凯特！"

他抓住胸口，瘫倒在了妹妹脚边的草地上。

"当心那摊狗屎，"看着哥哥上气不接下气，凯特平静地说，"好了，快走吧。我们最好赶紧往回走，不然就要迟到了。如果你不想惹上麻烦的话，最好牵着我的手。"

于是，他们一起朝学校走去。凯特很有风度地答应，到家后只字不提刚才发生的事情——只要彼得把星期六的零花钱给她，她就替他保密。

做一个不爱说话的白日梦者有一个麻烦，就是学校里的老师，特别是那些不太了解你的老师，可能会认为你很笨。即使不笨，也是比较呆板。谁也看不到你脑子里正在发生的那些奇妙的事情。老师看见彼得盯着窗外或课桌上的一张白纸发呆，可能会以为他正感到无聊，或者想不出答案。但事实完全不是这样。

比如有一天上午，彼得班上的孩子们要进行一次数学测验。他们要在二十分钟内把一些特别大的数字加起来。第一题是三百五十万零二百九十五加上另一个差不多一样大的数字，彼得刚开始计算，就发现自己琢磨起了世界上最大的数字。一个星期前他在书里读到，有一个数字的名字非常奇妙，叫古戈尔。古戈尔是十乘以十的一百倍。十的后面跟着一百个零。还有一个更奇妙的词，简直帅极了——叫古戈尔普勒克斯。一个古戈尔普勒克斯，是十乘以十的古戈尔倍。好大的数字啊！

彼得由着自己的思绪游离到了那个庞大得不可思议的数字里。那么多的零像无数个气泡一样飘入太空。爸爸告诉过他，天文学家已经计算出来了，他们通过巨型望远镜能看到的数百万颗星星中的原子的总数,是十的后面跟着九十八个零。世界上所有的原子加起来,还凑不成一个古戈尔。而跟古戈尔普勒克斯相比,古戈尔只是最不起眼的一个小碎片。如果你管别人要一个古戈尔的巧克力奶糖,宇宙里恐怕根本就没有那么多的原子把它们做出来。

彼得用手撑着头,叹了口气。就在这时,老师拍了拍手。二十分钟到了。彼得只写出了第一题的第一个数字。其他同学都做完了。老师一直在观察彼得,只见他盯着自己的卷子,什么也不写,只是叹气。

不久之后,他被安排跟一群算术有困难的孩子在一起学习,他们连四加六这样的小数字都算不清。很快,彼得就感到很无聊,发现自己的注意力更难集中了。老师们便开始认为他数学真的太差了,即使放在这个特殊班里也跟不上。他们该拿他怎么办呢?

当然,彼得的爸爸妈妈和妹妹凯特知道彼得其实并不笨,也不懒,也不厌学。学校里一些老师也开始意识到,他脑子里正在发生各种各样有趣的事情。随着年龄的增长,彼得自己也明白了:既然别人看不到你脑子里在想什么,你如果想让他们了解你,最好的办法就是告诉他们。于是,他开始把他望着窗外发呆,或躺着仰望天空时脑子里所想的一些事情写下来。长大后,他成了一名发明家和作家,过上了幸福的生活。在这本书里,你会发现一些曾在彼得脑海中发生过的奇异的冒险故事,它们都被如实地记录了下来。

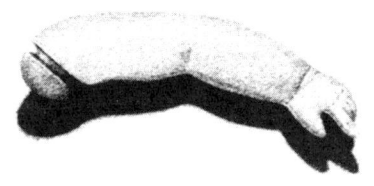

第一章

洋娃娃

从记事起,彼得就和凯特合住一间卧室。大多数时候他并不介意。凯特很好。她经常逗他发笑。有时彼得半夜从噩梦中醒来,很高兴房间里还有另一个人,哪怕只是他七岁的妹妹,根本不可能去对付在噩梦中追赶他的那些红皮肤、满身黏糊糊的怪物。当他醒来时,那些怪物就溜到了窗帘后面,或者爬进了衣柜。因为有凯特在房间里,彼得从床上爬起来,穿过楼梯口跑到爸爸妈妈房间去的时候就容易一些。

可是有些时候,他打心眼里不愿意跟别人合住一个房间。

凯特也不愿意。在一些漫长的下午，他们会惹得对方很心烦。斗嘴变成了争吵，争吵升级为打架，打得很凶，抢拳头，扯头发，又抓又挠。彼得比妹妹大三岁，所以他希望自己能打赢这些全面战争。从某种意义上说，他做到了。他总是能保证让凯特先哭。

可是这真的算赢了吗？凯特可以屏住呼吸，使劲一挣，把自己的脸憋成一颗熟李子的颜色。然后她需要做的就是跑下楼，给妈妈看"彼得做的好事"。或者，她索性就躺在地板上，喉咙里发出咔啦啦的声音，吓得彼得以为她快要死了。然后他就不得不跑下楼去，把妈妈叫来。凯特还会尖叫。有一次，在凯特的一次噪声风暴中，一辆从他们家门前经过的汽车停了下来，一个男人忧心忡忡地下了车，抬头盯着卧室的窗户。当时彼得正往窗外看。那人跑向花园，使劲地敲门，以为里面肯定在发生什么可怕的事情。确实可怕。其实只是彼得借了凯特的一样东西，她想要回去。马上就要！

在这些情形下，彼得总是那个倒霉蛋，而占上风的永远是凯特。这是彼得对这件事的看法。当他对凯特生气时，他必须想清楚了才敢动手打她。为了维持和平，他们常常从门口开始画一条虚拟的线,把卧室一分为二。那边归凯特,这边归彼得。这边放着彼得的绘画桌,他唯一的一个毛绒玩具——一只弯脖子长颈鹿,那些化学、电路和印刷的趣味套盒——它们从来都不像包装盒上的图片许诺的那样好玩儿,还有他的那个铁皮盒,里面藏着他的秘密,凯特总是想把它打开。

那边呢,有凯特的绘画桌,她的望远镜、显微镜和磁力趣味套盒——它们就跟包装盒上的图片许诺的一样好玩儿,而且,她的那半边房间里,到处都是洋娃娃。它们排排坐在窗台上,耷拉着双腿;它们立在她的五斗橱上,靠在五斗橱的镜子上;它们坐在一辆玩具婴儿车里,挤挤挨挨的,就像地铁的乘客。她最喜欢的那几个挨着她的床边。洋娃娃都是彩色的,从鞋油般的乌黑油亮,到死神般的苍白,不过大多数都是鲜艳的粉红色。有些没穿衣服,有些身上只有一样衣物:一只袜子、一件T恤衫或一顶帽子。还有一些打扮得特别漂亮,穿着系腰带的舞会礼服、带花边的连衣裙和拖着丝带的长裙。它们每个都不一样,但都有一个共同点:眼睛睁得大大的,一眨不眨,发疯似的气呼呼地瞪着。它们应该都是婴儿，但它们的眼睛出卖了它们。婴儿从来不会那样看人。彼得走过这些洋娃娃时，总感到自己被监视着。他走出房间后，总怀疑它们在议论他，所有那六十个洋娃娃。

不过，它们从来没有伤害过彼得，而且他真正不喜欢的只是其中的一个。那个坏娃娃，就连凯特也不喜欢它。她很怕它，怕得不敢把它扔出去，生怕它半夜三更跑回来报仇。你一眼就能认出哪个是坏娃娃。它粉兮兮的，从没有哪个人类是那样的颜色。它的左腿和右臂很久以前被从根上扯断了，坑坑洼洼的脑壳顶上长着一簇浓密的黑头发。做洋娃娃的人本来想给它一个甜蜜的微笑，但一定是模具出了问题，因为坏娃娃总是轻蔑地噘着嘴唇，皱着眉头，好像在拼命回忆世界上最讨厌的事情。

在所有的洋娃娃中，只有坏娃娃既不是男孩也不是女孩。坏娃娃就像个"东西"。它没穿衣服，坐在离凯特的床远得不能再远的一个书架上，从那里轻蔑地看着其他人。凯特有时把它拿在手里，轻声细语地想安慰它，然而，她总是不一会儿就打个寒颤，把它赶紧又放了回去。

当他们想起那条无形的界线时，它就很管用。他们必须

得到允许才能跨过界线，到对方的那边。凯特不能刺探彼得的秘密盒子，彼得也不能未经允许就乱摸凯特的显微镜。两人相安无事，直到一个下雨的星期天下午，他们为那条线到底在哪儿发生了争吵，而且是他们吵得最凶的一次。彼得相信那条线离他的床很远。这次，凯特不需要把脸涨成紫色，也不需要装死或尖叫。她用坏娃娃打了彼得的鼻子。她抓住那条粉红色的胖腿，朝彼得的脸上抡了过来。于是，这次是彼得哭着跑下了楼。他的鼻子倒不疼，但是流血了，他想拿这个做文章。他匆匆跑下楼时，用手背把血抹在脸上，一走进厨房就扑通倒在妈妈面前的地板上，大哭小叫，浑身扭个不停。果然，凯特倒了霉，倒了大霉。

就是这场吵架，使爸爸妈妈认为彼得和凯特应该有各自单独的房间了。彼得十岁生日后不久，爸爸清空了所谓的"箱子储藏室"——其实里面并没有箱子，只有旧相框和破扶手椅。彼得帮着妈妈把房间装饰了一下。他们挂上窗帘，还塞进去一张带铜球的大铁床。

凯特高兴极了，她帮彼得把东西搬过楼梯口。他们不会再吵架了。她也不用再听哥哥睡觉时发出的令人恶心的磨牙声和吹气声了。彼得不停地唱着歌儿，现在，他有了一个地方可以让他去，是的，让他去发呆。那天晚上，他特意提前半小时上床睡觉，就为了享受自己的小天地、自己的东西，房间中央没有了那条虚拟的分界线。他躺在昏暗的光线里，心里想道，他算是因祸得福，从邪恶的怪物——坏娃娃——那里得到了一点好处，这倒也不错。

就这样，几个月过去了，彼得和凯特习惯了拥有自己的房间，不再多想这件事。有趣的日子排着队来了——彼得的生日、烟火之夜、圣诞节、凯特的生日，然后是复活节。那天是全家寻找复活节彩蛋的两天之后。彼得在自己的房间里，在自己的床上，正要吃掉他的最后一个彩蛋。这个蛋最大、最重，所以他把它留到了最后。他撕掉银色和蓝色的箔纸。彩蛋差不多有一个橄榄球那么大。他用两只手捧着，凝望着它。然后他把它拿到胸前，把两个大拇指抠进蛋壳。他多么喜欢那股浓浓的、黄油可可的香味儿啊，那味道是从蛋壳里黑乎乎的空洞里涌出来的。他把彩蛋举到鼻子前，深深地吸了口气。然后他开始吃了起来。

外面在下雨。假期还剩下一个星期。凯特去一个朋友家玩了。除了吃东西,彼得没有别的事可做。二十分钟后,那个彩蛋就只剩包装纸了。彼得站起来,微微有些摇晃。他感到恶心和无聊,在一个阴雨绵绵的下午,这两种感觉混合在一起很完美。真奇怪啊,拥有自己的房间不再令人感到兴奋了。"巧克力吃腻了,"他叹了口气,朝门口走去,"自己的房间也呆腻了!"

他站在楼梯平台上,想知道自己是不是要呕吐。但他并没有去厕所,而是走向凯特的房间,并且走了进去。当然,他以前也回来过好几百次,但从来不是一个人进来。他站在房间中央,像过去一样被那些洋娃娃监视着。他感觉有些怪怪的,每样东西看上去都不一样了。房间变大了,他以前从来没注意到地板竟然是斜的。洋娃娃似乎比以前更多了,全都瞪着呆滞的眼睛。当他踏着倾斜的地板走向他原来的那张床时,仿佛听到了一种声音,窸窸窣窣的。他仿佛看到什么东西在动,可是一转身,一切又都是静止的。

他在床边坐下,回想起以前睡在这里的日子。那时他还只是个孩子。才九岁!他能知道些什么呢?要是十岁的自己能回到过去,告诉那个单纯的傻瓜事情的真相就好了。当一个人长到十岁的时候,就开始看到全局,知道事情是怎么互相联系,是怎么运作的……就有了整体的了解……

彼得一心想着六个月前那个无知的自己,没有注意到有个身影正穿过地毯朝他走来。当他发现那家伙时,吃惊地叫了一声,赶紧爬到床上,把膝盖收了上去。坏娃娃正迈着笨拙而平稳的脚步,朝他走来。它从凯特的桌上拿了一支画笔,当拐杖拄着。它一瘸一拐地走过房间,气呼呼地喘着粗气,嘴里嘟嘟囔囔,说着连坏娃娃都不该说的脏话。它在床柱旁停下来喘气。彼得惊讶地发现它的额头和上唇都是汗津津的。坏娃娃把画笔靠在床上,用它仅剩的一条胳膊在脸上擦了擦。然后,坏娃娃飞快地扫了彼得一眼,深吸一口气,抓起拐杖,准备往床上爬。

只凭着一条胳膊和一条腿,想要爬到比自己高两倍的床上,是需要耐心和力气的。坏娃娃既没耐心,也没力气。它的粉红色小身体因为紧张和用力而颤抖,它停在了床柱的半腰处,想给它的画笔找一个支点。喘气声和嘟囔声越来越响,越来越哀怨。慢慢地,它的脑袋,比刚才更汗津津了,出现在了彼得的眼前。彼得很容易就能伸手把它抱到床上。他也很容易就能一巴掌把它拍到地上。但他什么也没有做。这一幕太有趣了。他想看看会发生什么事。坏娃娃一点点地往上爬，嘴里不停地喊着"哦，真是见鬼！"和"混账的玉米糊！"还有"肮脏的芥末酱！"。彼得这时才意识到，房间里的每个洋娃娃都把脑袋转向了他。一双双蓝瓦瓦的眼睛比以前瞪得更大了，接着是一阵细细的沙沙声，就像水冲刷过岩石一样，这声音渐渐汇成一片低语，随着兴奋的情绪席卷了六十个旁观者，低语变成了一股洪流。

"他行动了！"彼得听到其中一个洋娃娃喊道。

另一个回答："现在我们就瞧着吧！"

又有一个喊道："要公平，要公平！"然后，至少二十个洋娃娃大声表示赞成。

"没错！"

"说得对！"

"说得好！"

坏娃娃已经把那条胳膊搭在床上，松开了拐杖。此刻它摸索着来抓毯子，想揪着毯子把自己拉上来。就在它这么做的时候，房间另一边传来一阵热烈的欢呼声，突然之间，所有的洋娃娃都朝床这边走过来了。它们从窗台上,从镜子上,从凯特的床上,从玩具婴儿车里,蹦出来、跳出来、翻出来、滚出来,在地毯上汹涌而来。穿长裙子的洋娃娃走得跌跌绊绊,嘴里发出尖叫,而没穿衣服或只穿着一只袜子的洋娃娃,走得非常轻松。它们浩浩荡荡地来了,像一片棕色、粉色、黑色和白色的海浪,每个用模子做出的噘起的嘴唇都在喊着:"要公平,要公平!要公平,要公平!"每只呆滞的大眼睛里都喷着怒火,彼得一直就怀疑在漂亮的婴儿蓝后面隐藏着怒火。

坏娃娃已经爬到了床上,它站在那里,很疲惫,但是很骄傲,向下面聚集的人群挥手。洋娃娃们紧紧地挤在一起,咆哮着表示拥护,并向它们的领袖举起了胖乎乎的、带肉坑的胳膊。

"要公平,要公平!"它们又一条声地喊道。

彼得已经挪到了床的另一头。他背贴着墙,双臂紧紧地抱着膝盖。这简直太离奇了。妈妈在楼下肯定会听到吵闹声,上来叫它们闭嘴的。

坏娃娃需要喘口气,所以它就让洋娃娃们继续高呼。然后它抓起画笔拐杖，洋娃娃暴民们突然安静了下来。

瘸腿娃娃冲它的支持者们眨了眨眼睛，朝彼得跳了一两步，说道："你舒舒服服安顿下来了，是不是？"它的语气很礼貌，但人群中有人吃吃发笑，彼得知道自己正在中圈套。

"我不明白你是什么意思。"他说。

坏娃娃转向人群，逼真地模仿彼得的声音。"他不明白我是什么意思，"它又转向彼得，"我的意思是，你在新房间里过得蛮舒服，是吗？"

"哦，那个，"彼得说，"是的，我的房间棒极了。"

地毯上的一些洋娃娃抓住这个词，一遍又一遍地重复："棒极了……棒极了……棒极了……"最后这听上去像一个非常愚蠢的词，彼得后悔自己不该说它。

坏娃娃耐心地等待着。当大家安静下来之后，它问："你喜欢拥有自己的房间，是吗？"

"是的。"彼得回答。

"喜欢拥有一个完全属于自己的房间？"

"是的。我刚才告诉过你了。我喜欢。"彼得说。

坏娃娃又单腿往前跳了一步。彼得觉得它马上就要说正题了。它提高了嗓音。"你有没有想过,也许有其他人想要那个房间呢?"

"这太可笑了,"彼得说,"爸爸妈妈住一个房间。然后就只剩下我和凯特了……"

他的话被人群中不满的吼声淹没了。坏娃娃用一条腿保持着平衡,把拐杖举到空中,示意大家安静。

"只有你们两个人吗,嗯?"它说,朝人群点了点头。

彼得笑了笑。他不知道该说什么。

坏娃娃走得更近了。彼得一伸手就能摸到它。他觉得自己肯定闻出了它的呼吸里有巧克力的味道。

"你不觉得,"它说,"现在应该轮到别人住那个房间了吗?"

"这太荒唐了,"彼得开口说道,"你们只是洋娃娃……"

听了这话,坏娃娃别提多愤怒了。"你见过我们是怎么生活的,"它尖叫道,"我们六十个人挤在房间的一个角落里。你从我们身边经过无数次,却从来没有想过这点。我们像砌墙的砖头一样摞在一起,你关心过吗?摆在眼前的事实,你却看不见。看看我们吧!没有空间,没有隐私,大多数人甚至连一张床都没有。现在应该轮到别人住那个房间了。要公平，要公平！"

人群中又爆发出惊天动地的吼声，再次一条声地喊道："要公平，要公平！要公平，要公平！"随着吼声四起，洋娃娃们开始拥到床边，它们站在彼此的肩膀上，把身体当成梯子。不到一分钟，全体洋娃娃就都气喘吁吁地站在了彼得面前。坏娃娃已经退到床的另一头，它在人群后面挥动着拐杖，喊道："开始行动！"

六十双胖乎乎的手抓住了彼得的左腿。

"嗨哟嘿，嗨哟嘿！"坏娃娃喊道。

"嗨哟嘿，嗨哟嘿！"人群响应。

接着，一件奇怪的事情发生了。彼得的腿掉了。它直接掉了下来。彼得低头看着他的腿原来所在的地方，从扯破的裤子里冒出来的不是血，而是一个小弹簧圈。

太奇怪了，他想，我怎么也不会猜到……

然而他没有多少时间去想这件事多奇怪了，因为现在洋娃娃们抓住了他的右胳膊，正在"嗨哟，嗨哟"地连拉带拽，于是，他的右胳膊也掉了，从肩膀处冒出来的是另一个小弹簧圈。

"嘿！"彼得喊道，"把它们还回来。"

但是没有用。他的胳膊和腿被人群从头顶上传过去，传到了坏娃娃那里。它拿过那条腿，装在了自己身上。不大不小正合适。现在它正把胳膊也装上去。那条胳膊简直像是专门定做的，再合适不过了。

奇怪，彼得想。我的胳膊和腿肯定是嫌大的呀。

就在他这么想的时候，洋娃娃们又朝他扑了过来，这次它们爬上了他的胸口，揪他的头发，扯他的衣服。

"下去，"彼得喊道，"哎哟！好疼啊！"

娃娃们哈哈大笑，几乎扯掉了他所有的头发。它们只在他的脑袋顶上留下了长长的一缕。

坏娃娃把它的拐杖扔给了彼得，然后蹦跳几下，试了试自己的新腿。"轮到我住那个房间了，"它喊道，"至于他嘛，他可以去那上面。"它伸手指了指书架，彼得仍然认为那条胳膊是属于他的。坏娃娃敏捷地跳到地板上，人群潮水般地扑过来，抓住彼得，要把他搬到他的新家。事情本来就这样结束了。但是就在这时，凯特走进了房间。

现在，你可以试着想象一下从凯特站的地方看到的情景。她跟朋友玩耍之后回到家，走进自己的卧室，发现哥哥躺在那张空出来的床上，玩着她的洋娃娃，所有的洋娃娃，他把它们摆来摆去，学着它们的声音说话。唯一不在床上的是坏娃娃，它躺在床边的地毯上。

凯特本来可以生气的。毕竟，这违反了规定。彼得未经她的允许进了她的房间，而且把她所有的洋娃娃都从各自的位置上拿了下来。可是，看到哥哥身上堆着六十个洋娃娃，凯特忍不住笑了。

一看到凯特，彼得赶紧站了起来。他涨红了脸。

"哦……嗯……对不起。"他嘟囔着，想从凯特身边挤出去。

"等一下，"凯特说，"能不能把这些都放回去？你知道，它们都有自己的地方。"

于是，凯特告诉彼得每个洋娃娃的位置在哪里，彼得把它们一一放回了原处，镜子上、五斗橱上、窗台上、床上、婴儿车里。

把它们全部摆放好似乎花了好长好长时间。最后一个被放回去的是坏娃娃。彼得把它放在书架上时，可以肯定自己听到它说了一句："总有一天，我的朋友，那个房间会归我。"

"哦，混账的玉米粉！"彼得低声对它说，"你这肮脏的芥末酱！"

"你在说什么呀？"凯特大声问。但是哥哥已经走出了房间。

第二章

猫

彼得早上醒来时，总是先闭着眼睛，回答两个简单的问题再说。每次它们都是同样的顺序。第一个问题：我是谁？哦，是的，彼得，十岁半。然后，他仍然闭着眼睛，第二个问题出现了：今天是星期几？答案有了，是一个山一样牢固、不可撼动的事实。星期二。又是一个上学的日子。他把毯子拉上来蒙住头，深深地沉浸在自己热乎乎的体温里，让亲切的黑暗把他吞没。他几乎可以假装自己不存在。但他知道必须逼着自己起床。全世界的人都认为今天是星期二。地球在寒冷的太空中飞驰，绕着太阳旋转和自转，把大家带到了星期二，不管是彼得、他的爸爸妈妈还是政府，都没有办法改变这个事实。他必须起床了，不然就会赶不上巴士，就会上学迟到，就会有麻烦。

他知道不到一小时后他会在巴士车站冻得瑟瑟发抖，却还要把热乎乎的、还没睡够的身体从被窝里拽出来，摸索着找衣服，这是多么残忍啊。电视上的气象预报员说，这是十五年来最冷的一个冬天。很冷，但没什么乐趣。没有雪，没有霜，就连一个可以滑着玩的结冰的水坑都没有。只有冷飕飕和灰蒙蒙，刺骨的寒风从窗户缝里吹进彼得的卧室。他有时候觉得，他这辈子所做的一切，以及将来要做的一切，就是一觉醒来，起床，去上学。虽然其他每个人，包括大人，都要在冬天的早晨摸着黑起床，但他还是觉得很艰难。如果他们都同意停下来，那么他也可以停下来。可是地球还在不停地转，星期一、星期二、星期三反复地循环，每个人都要继续起床。

厨房就像是他的床和外面大世界之间的中转站。这里的空气中弥漫着烤面包的香气、水蒸气和熏咸肉的味道。早餐应该是全家人一起吃的,但家里的四个人很少能同时坐下来。彼得的爸爸妈妈都要上班,总有人惊慌失措地围着桌子跑来跑去,寻找丢失的文件、记事簿或一只鞋,你必须抓起炉子上正在做的东西,自己找个地方坐下。

厨房里很暖和,几乎和床一样暖和,但没有那么宁静。空气中充满了伪装成问题的指责。

谁喂了猫?

你几点钟回家?

家庭作业做完了吗?

谁拿了我的公文包?

时间一分一秒地过去,混乱和焦虑也在升级。家里有一条规矩,厨房必须打扫干净之后才能有人离开家门。有时候,你必须赶紧把你那片熏咸肉从锅里抢出来,不然它就会被倒进猫食盆,平底锅就会嘶嘶地浸到洗碗水里。家里的四个人拿着脏盘子和麦片包,来回地乱跑,互相碰撞,总有某个人嘟囔着,我要迟到了。我要迟到了。这星期第三次迟到了!

然而事实上,家里还有一个第五位成员,他从来也不着急,对这些忙乱根本不予理会。他伸开四肢躺在暖气片顶部的架子上，眼睛半睁半闭，唯一的生命迹象就是偶尔打个哈欠。那是一个巨大的哈欠，一个侮辱性的哈欠。嘴巴张得大大的，露出一条干干净净的粉红色舌头，当嘴巴终于合上时，从胡须到尾巴就会掠过一个舒坦的颤动：威廉猫正在安顿下来，度过他的这一天。

彼得抓起书包，在跑出家门前最后看一眼四周时，每次看到的总是威廉。威廉把头枕在一个爪子上，另一个爪子悠闲地耷拉在架子边缘，把玩着升上来的热气。现在可笑的人类要离开了，一只猫可以踏踏实实地睡上几个小时。彼得走出房子，迎向凛冽的北风时，他一想到猫在打瞌睡的样子，心里就难受得要命。

如果你认为把一只猫当成真正的家庭成员有点奇怪，那么你应该知道，威廉的年龄比彼得和凯特的年龄加在一起还大。他还是小猫咪的时候就认识了还在上学的妈妈。他陪着她一起上了大学，五年后还参加了她的婚宴。当维奥拉·福琼怀上第一个孩子的时候，曾有几个下午躺在床上休息，威廉猫经常把身子伏在她腹部那个圆滚滚的大鼓包上，大鼓包就是彼得。彼得和凯特出生时，威廉猫都从家里消失了好几天。谁也不知道他去了哪里，为什么要离开。他默默观察着这家人生活中的喜怒哀乐。他眼看着两个婴儿变成了蹒跚学步的孩子并想抓着他的耳朵把他抱起来，然后他眼看着蹒跚学步的孩子变成了上学的小学生。威廉猫认识爸爸妈妈的时候，他们还是住在一间屋子里的一对狂野的年轻夫妇。现在他们住在有三间卧室的房子里，不那么任性了。威廉猫也没当年那么任性了。他不再把老鼠或鸟叼进家里，放在不知好歹的人类的脚下。过完十四岁生日后不久，他就放弃了战斗，不再骄傲地保卫自己的地盘。隔壁一只霸道的小公猫知道老威廉拿它没有办法，就大摇大摆占领了花园，这让彼得觉得特别无法忍受。有时公猫会从猫洞溜进厨房，吃掉威廉的食物，老猫只能无可奈何地看着。换在几年前，任何一只头脑正常的猫都不敢把爪子踏上草坪一步。

威廉雄风不再，心里一定很难过。他不再和其他的猫厮混，而是独自坐在家里，沉浸在回忆和沉思之中。但他虽然已经十七岁高龄，身材却保持得很苗条和利索。他基本上全身乌黑，但四个脚和胸口是耀眼的白色，尾巴尖上也有一抹白。有时候，他会找到你坐的地方，沉思片刻之后，跳上你的膝盖，张开两只脚站在那里，深深地、不眨眼地凝视着你的眼睛。然后他可能会把脑袋一偏，仍然盯着你的眼睛，喵地叫一声，只叫一声，于是你就知道他在告诉你一件重要而充满智慧的事情，一件你永远也不会明白的事情。

冬天的下午，彼得放学回家后，最喜欢的就是蹬掉鞋子，和威廉猫一起躺在客厅的壁炉前。他喜欢趴下来跟威廉齐平，把自己的脸凑近猫的脸。他看到那张脸是那么奇特，那么漂亮而不像人类，一根根黑色的猫毛从布满绒毛的小脸上冒出来，形成一个圆球，白色的胡须微微向下弯曲，眉毛像无线电天线一样向上翘着，淡绿色的眼睛里有一道垂直的缝，就像一扇微开着的门，里面是一个彼得永远无法进入的世界。他刚一凑近，猫就会发出低沉的呼噜声，浑厚而有力，把地板都震动了。彼得知道自己是受欢迎的。

就在这样的一个下午——那天碰巧是星期二，四点钟的时候，天色已经暗了下来，窗帘拉上了，电灯也打开了，彼得慢慢地出溜到地毯上，威廉躺在明亮的炉火前，火苗正绕着一根粗大的榆木跳动。烟囱里传来寒风刮过屋顶的凄厉呼啸。为了让身体保持暖和，彼得和凯特从巴士车站一路跑回了家。

现在，他安全地回到屋里，和他的老朋友呆在一起。这位老朋友假装自己还没这么老，一骨碌仰面朝天，让两个前爪无助地扑腾着。他想要彼得挠他的胸口。彼得开始用手指轻轻地拂过猫毛，呼噜声越来越响，响得老猫身上的每根骨头都被震动了。然后，威廉伸出一个爪子抓住彼得的手指，想把它们往高处拉。彼得让猫引导着他的手。

"你想让我挠你的下巴吗？"他喃喃地问。然而不是。猫想让彼得抚摸他的喉咙底部。彼得摸到那里有个硬东西，他一碰它就左右移动。有什么东西卡在毛皮里了。彼得用胳膊肘支起身体，想看个究竟。他把毛皮分开。一开始，他以为自己看到的是一件首饰，一个小小的银牌，但是没有链子挂着。他拨弄了一下，又看了看，发现那根本不是金属，而是光溜溜的骨头，椭圆形，中间扁平，最奇怪的是，它是连在威廉猫皮肤上的。这块骨头正好被捏在彼得的食指和拇指之间。他捏紧了使劲一拉。威廉猫的呼噜声比刚才更响了。彼得又拉了一下，这次他感到有什么东西松动了。

他透过猫毛往下看，并用指尖把毛分开，发现自己在猫的皮肤上打开了一道小口子。他仿佛正抓着一个拉链头。他又拉了一下，出现了一个两英寸长的黑洞洞的豁口。威廉猫的呼噜声就是从那里传出的。也许，彼得想，我能看到他的心脏在跳动。一只爪子又轻轻地推着他的手指，威廉猫想让他继续。

于是他就继续拉。他把整只猫从头到尾都拉开了。彼得想打开皮肤看看里面。但他不想显得自己爱管闲事。他正要大声叫凯特，这时却有了动静，猫的身体里有什么在动，从猫毛的豁口处，射出一道微弱的粉红色的光，越来越亮。突然，威廉猫的身体里爬出了一个，嗯，一个东西，一个活物。但彼得不能肯定是不是真的能摸到它，因为它好像完全是由光构成的。它虽然没有胡须，没有尾巴，没有呼噜声，甚至没有皮毛，也没有四条腿，但是它的一切似乎都在说着"猫"。它正是"猫"这个词的本质，是这个概念的核心。它是一团粉红色和紫色的光，安静、优美、曲线柔和，它正从猫的身体里爬出来。

"你一定是威廉的幽灵，"彼得大声说，"难道你是一个鬼？"

光没有发出声音，但是它听懂了。它似乎在说——但并没有真的说出来——它两者都是，而且远远不止这些。

猫继续在炉火前的地毯上仰面躺着，猫的幽灵离开了猫的身体，浮到空中，飘向彼得的肩头停了下来。彼得并不害怕。他感到幽灵的光照在他的面颊上。然后光飘到了他的脑后，看不见了。他感到它碰了碰他的脖子，一股暖流从他的后背辐射下去。猫幽灵抓住他脊梁骨顶上的一个疙瘩往下拉，顺着他的后背一直拉下去，彼得随着自己的身体被打开，感到房间里凉爽的空气在撩拨他热乎乎的内脏。

最最离奇的事情就是爬出自己的身体，一迈腿跨出来，由身体继续躺在地毯上，就像一件刚刚脱下的衬衫。彼得看到了自己的光，是紫色和纯白色的。两个幽灵在空中面对面地盘旋。突然，彼得知道自己想做什么、必须做什么了。他朝威廉猫飘过去，在上面盘旋着。那具身体像门一样敞开着，看上去那么诱人、那么欢迎他。他往下降落，然后迈步跨了进去。多好啊，把自己装扮成一只猫。里面并不是他想象的那样潮叽叽，而是干干的，很暖和。他仰面躺下，把胳膊伸进威廉的两条前腿。随后他扭动着把腿塞进了威廉的后腿。他的头装在猫脑袋里正合适。他看了一眼那边自己的身体，正好看见威廉猫的幽灵钻到里面不见了。

彼得用爪子很轻松地给自己拉上了拉链。他站起来,走了几步。用四只软软的白爪子走路,真是太让人高兴了。他能看见胡须从脸的两边冒出来,能感到自己的尾巴在身后弯弯地翘起。他脚步轻盈,他的皮毛就像一件最舒适的旧羊毛衫。他越来越喜欢做一只猫了,他的心膨胀起来,喉咙深处的刺痒感变得那么强烈,他简直自己都能听见。彼得在发出呼噜声。他变成了彼得猫,而在那边的,是男孩威廉。

男孩站起来伸了个懒腰。然后,他没有对脚边的猫说一句话,就蹦蹦跳跳地出了房间。

"妈妈,"彼得听到他的旧身体在厨房里喊道,"我饿了。晚饭吃什么呀?"

那天晚上,彼得太焦虑、太兴奋、太是一只猫了,他怎么也睡不着。快到十点钟时,他从猫洞溜了出去。夜晚寒冷的空气穿不透他厚厚的皮毛。他悄无声息地走向花园的围墙。围墙很高,但是他毫不费力地、优雅地一跳,就跳了上去,开始审视自己的地盘。他能看到黑暗的角落,能感受到夜晚的空气一次次撩动他的胡须。午夜时分,一只狐狸从花园小径上过来,想在垃圾箱里翻东西吃,而彼得能让对方看不见自己,这感觉多美妙啊!他意识到周围还有其他的猫,有些是本地猫,有些是外来猫,它们都在夜间出来活动。在那只狐狸之后,一只年轻的虎斑猫也想闯进花园。彼得用嘶嘶声和甩尾巴警告它离开。当那个小年轻猛吃一惊,尖叫着逃跑时,彼得体内发出了呼噜声。

在那之后不久,他在温室旁高高的围墙上巡视时,迎面遇到了另一只猫,一个更危险的入侵者。它全身都是黑色,怪不得彼得刚才没有看到它。它就是隔壁那只公猫,一个精力充沛的家伙,个头几乎是他的两倍,脖子粗壮,长长的腿特别有劲。彼得想都没想就弓起后背,竖起身上的毛,让自己看上去块头很大。

"嘿,小猫咪,"他嘶嘶地说,"这是我的墙,你怎么跑上来了?"

黑猫似乎很惊讶。它笑了。"这里以前是你的墙,老爷子。现在你有什么办法呢?"

"滚开,不然我就把你扔下去。"彼得很惊讶自己的情绪这么激烈。这是他的墙,他的花园,他有责任把不怀好意的猫都赶出去。

黑猫又冷冷地笑了。"听着，老爷子。这早就不是你的墙了。我这就过来了。让开，不然我就把你的毛扯下来。"

彼得站在原地不动。"你这会走路的跳蚤，再敢往前走一步，我就用你的胡须勒住你的脖子。"

黑猫发出一长串轻蔑的怪笑声，但没有再往前走。周围，到处都有本地猫从黑暗里跑出来看热闹。彼得听到了它们的议论。

打架了？

打架了！

那老家伙肯定是疯了！

他少说也有十七岁了。

黑猫拱起它强有力的脊背，又嚎叫起来，可怕的声音越叫越响。

彼得拼命让自己的嗓音保持平静，但说出的话却带着嘶嘶声。"你没有事先跟我打招呼，就不能从这儿抄近路。"

黑猫眨了眨眼。它尖声大笑，这笑声同时也是战斗的呐喊，它肥脖子上的肉都跟着颤动。

对面墙上，旁观的队伍还在壮大，传来了一片兴奋的感叹。

"老比尔[①]发飙了。"

"它想打架选错了对象。"

"听着，你这没牙的老绵羊，"黑猫说，它发出的嘶嘶声比彼得的尖锐得多，"我是这里的老大。是不是这样？"

黑猫朝着猫群半转过身，它们喃喃地表示同意。彼得认为那些旁观者的声音并不是很热情。

"我给你的建议是，"黑猫接着说，"闪到一边去。不然我就把你的肠子撒得满草坪都是。"

彼得知道自己现在已经没有退路了。他伸出爪子紧紧地扒着墙。"你这只大肥耗子！这是我的墙，听到了吗？你什么也不是，只是一条病狗拉的一泡稀屎！"

黑猫倒吸一口冷气。猫群中传出窃笑声。彼得一直是个很有礼貌的孩子。现在能骂出这些难听的话，真是痛快。

"你只配给鸟当早餐。"黑猫警告道，向前跨了一步。彼

---

① 比尔是威廉的昵称。

得赶紧深吸一口气。看在老威廉的分上,他必须赢。就在他这么想的时候,黑猫的爪子朝他脸上扇了过来。彼得有一个老猫的身体,却有一个小男孩的心智。他一低头,感觉到那个爪子和张开的毒指甲从他的耳朵上方划过。他看清了黑猫暂时只靠三条腿支撑着身体,就立刻扑了上去,用两只前爪狠狠地推了一下公猫的胸口。这不是猫打架时会做的动作,猫老大顿时吃了一惊。他惊叫一声,脚下一滑,踉踉跄跄地后退,从墙头上摔了下去,头朝下栽在了温室的屋顶上。玻璃被打破的哗啦声,碎玻璃碰撞的叮叮声,以及花盆被砸烂的发闷的咚咚声,划破了寒冷的夜空。然后是一片寂静。猫群里静悄悄的,它们都从墙头往下张望。它们听到了动静,接着是呻吟。然后黑暗中隐约可见那只黑猫的身影一瘸一拐地走过草坪。它们听到它嘴里在嘟囔。

"这不公平。打架只动爪子和牙齿,没错。竟然这样推我。太不公平了。"

"下次再来,"彼得朝下喊道,"要事先征求我同意。"

黑猫没有回答,但从它瘸着腿离开的样子看,它听明白了。

第二天早上,彼得躺在暖气片上方的架子上,用一个爪子枕着脑袋,另一个爪子耷拉在升上来的热气中。周围一片匆忙和混乱。凯特找不到她的书包了。粥烧煳了。福琼先生心情不好,因为咖啡喝完了,而他需要三杯浓咖啡才能开始新的一天。厨房里乱糟糟的,到处弥漫着煳粥味儿。时间已经很晚、很晚、很晚了!

彼得用尾巴绕住两个后爪,尽量不让自己的呼噜声太响。房间那头是他的旧身体,里面住着威廉猫,现在那具身体必须去上学了。威廉男孩看上去一脸困惑。他穿上了外套,正准备离开,脚上却只有一只鞋,另一只找不到了。"妈妈,"他不停地哀叫,"我的鞋在哪儿?"但福琼太太正在走廊里打电话跟人吵架。

彼得猫半闭着眼睛。打胜那一仗之后,他感到极度的疲倦。很快这家人就要离开了。家里就会安静下来。等暖气片冷却后,他要上楼去找一张最舒服的床。为了怀念昔日的时光,他会选择自己的床。

这一天像他希望的那样过去了。打瞌睡,舔碟子里的牛奶,继续打瞌睡,吃一些罐装猫粮,味道其实不像闻起来那么糟糕——倒很像没加土豆泥的牧羊人馅饼①。然后继续打瞌睡。还没等他反应过来,外面的天空就黑了下来,孩子们放学回家了。威廉男孩在教室里和操场上挣扎了一整天,看上去累得要命。男孩猫和猫男孩一起躺在了客厅的壁炉前。彼得猫想,这只正在抚摸自己的手前一天还属于他自己,这感觉真是太奇怪了。他想知道威廉男孩对他的新生活是不是满意,上学,乘巴士,还多了个妹妹和一对爸爸妈妈。然而,彼得猫从男孩的脸上什么也看不出来。他脸上没有毛,没有胡须,而是粉扑扑的,一双眼睛圆溜溜的,根本搞不清它们在说什么。

那天晚上,彼得溜达到凯特的房间。她像往常一样在和她的洋娃娃说话,给它们上地理课。从它们脸上呆滞的表情可以看出,它们对世界上最长的河流没有什么兴趣。彼得跳上凯特的膝头,她一边讲课,一边心不在焉地给他挠痒痒。要是她知道自己腿上的动物是她的哥哥就好了。彼得躺下来,发出呼噜呼噜的声音。凯特开始列出她能想到的所有首都的

---

① 牧羊人馅饼是一种传统的英国食物,是用土豆、肉类和蔬菜做的不含面粉的馅饼,煎烤时香气四溢,可作主食。

名字。好枯燥啊，正是彼得再次入睡所需要的催眠曲。他的眼睛已经闭上了，门却突然被撞开，威廉男孩大步走了进来。

"嘿，彼得，"凯特说，"你没有敲门。"

可是她的哥哥/猫没有理会。他径直走到房间这头，粗暴地抱起她的猫/哥哥，匆匆离开了。彼得不喜欢被人抱着。对他这个年龄的猫来说，这是有失身份的。他想要挣扎，但威廉男孩把他抱得更紧了。男孩一路跑下楼梯。"嘘，"他说，"我们没有多少时间。"

威廉把猫抱进客厅，放在地上。

"别动，"男孩低声说，"照我说的做。翻过身去，仰面朝天。"

彼得猫别无选择，因为男孩已经用一只手把他按住，另一只手在他的皮毛里摸索。他找到那片滑溜溜的骨头，往下一拉。彼得感到凉爽的空气吹进了他的体内。他从猫的身体里走出来。男孩把手伸到自己脖子后面，给自己拉开拉链。这时，一只真正的猫特有的粉红色和紫色的光从男孩身体里跑了出来。一时间，猫和人的两个幽灵，互相面对着面，悬浮在地毯上方。在他们下面，两具身体静静地躺着，等待着，就像两辆

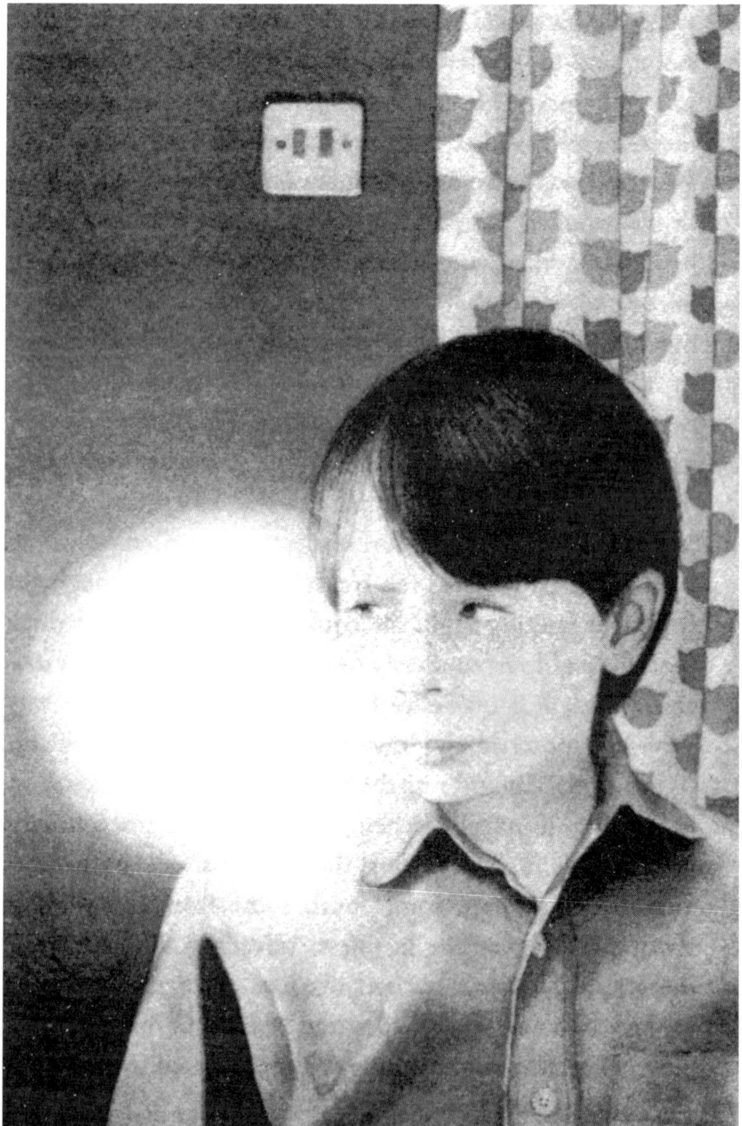

准备载着乘客离开的出租车。空气中弥漫着一丝忧伤。

尽管猫幽灵没有开口,但彼得感觉到了它在说什么。"我必须回去了,"它说,"我还要开始另一段冒险旅程。谢谢你让我做一个男孩。我学到了很多东西,在不久的将来也许用得上。但最重要的是,谢谢你为我打了最后一仗。"

彼得刚要说话,猫幽灵却已在返回它的身体。

"时间不多了。"它似乎在说,粉红色和紫色的光收拢起来,钻进了猫的皮毛。彼得飘向自己的身体,绕到脊椎骨的顶端,溜了进去。

一开始的感觉很奇怪。这个身体好像不太适合他。他站起来的时候两腿颤颤巍巍,就像穿着一双大了四码的长筒橡胶靴。也许他的身体在他上次用过之后又长大了一点。他感觉还是暂时躺下来比较安全。就在他这么做的时候,那只猫,威廉猫,转过身,缓缓地、僵硬地走出了房间,连看也没看他一眼。

彼得躺在那里,想要适应他原来的身体,这时他注意到了一件奇怪的事情。炉火仍然绕着那根榆木在跳动。他朝窗外瞥了一眼。天空正在渐渐暗下来。时间还不到傍晚,仍是下午。从椅子旁边的那张报纸上,他可以看到今天仍是星期二。这时又出现了一件奇怪的事。他的妹妹凯特哭着跑进房间,爸爸妈妈跟在她后面,表情非常严肃。

"哦,彼得,"妹妹叫道,"发生了一件可怕的事。"

"是威廉猫,"妈妈解释道,"他恐怕……"

"哦,威廉!"凯特的哭声淹没了妈妈的话。

"他刚才走进厨房,"爸爸说,"爬到暖气片上面他最喜欢的架子上,闭上眼睛,然后就……死了。"

"他没有一点痛苦。"维奥拉·福琼安慰道。

凯特继续哭。彼得意识到爸爸妈妈正担心地看着他,想看他怎么接受这个消息。在全家人里,就数他跟猫最亲了。

"他活了十七岁,"托马斯·福琼说,"也算是长寿了。"

"他这辈子过得不错。"维奥拉·福琼说。

彼得慢慢地站了起来。两条腿似乎不够用。

"是的,"他最后说,"现在他又开始新的冒险了。"

第二天早上,他们把威廉埋在了花园尽头。彼得用树枝做了个十字架,凯特用月桂树叶和小树枝做了个花环。虽然上学和上班都要迟到了,但全家人还是一起来到墓地边。两个孩子撒上了最后几锹土。就在这时,一个闪着粉红色和紫色亮光的球,从地底下升起来,悬在空中。

"看!"彼得说,用手指着。

"看什么?"

"就在那儿,就在你面前。"

"彼得,你在说什么呀?"

"他又在做白日梦了。"

光球越升越高,最后和彼得的脑袋一样高了。当然,它没有说话,因为那是不可能的事。但彼得还是听到了。

"再见,彼得,"光球说着,开始在他眼前渐渐消失,"再见,再次谢谢你。"

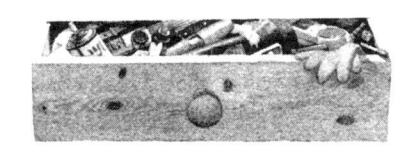

第三章

消失油

乱糟糟的大厨房里有一个抽屉。当然,厨房里有很多抽屉,但当有人说"绳子在厨房的抽屉里"时,每个人都明白。那根绳子多半不会在抽屉里。它应该是在抽屉里的,然而没有,还有其他十几样有用的东西也从来不会在那儿:螺丝刀、剪刀、胶带、图钉、铅笔。如果你想要其中一样,会先在抽屉里找,然后再去找其他地方。抽屉里的东西很难定义:都是没有固定位置的东西,派不上什么用但又不该扔掉的东西,将来有一天没准能修好的东西。比如——还剩一点点电的电池，没有螺栓的螺母，一个宝贵茶壶的把手，一把丢了钥匙的挂锁，或一个谁都不知道密码的密码锁，还有颜色最难看的弹珠，外国硬币，没有灯泡的手电筒，奶奶去世前织的一双充满爱心的手套中的一只，一个热水瓶的塞子，一块裂了缝的化石。不知道见了什么鬼，原本用来放实用工具的抽屉里，竟然装满了完全没有用的东西。一片孤零零的拼图，你能用它做什么呢？可是另一方面，你敢把它扔掉吗？

时不时地，抽屉会被清空。维奥拉·福琼把里面的东西全都哗啦啦倒进垃圾箱，重新往里装进绳子、胶带和剪刀……然后，渐渐地，这些宝贵的东西满不情愿地离去，各种垃圾又悄悄溜了回来。

有时彼得闲得无聊，会打开抽屉，希望那里面的东西能让他想到一个主意或一个游戏。然而从来没有。什么也不合适，什么也不相干。如果有一百万只猴子把抽屉摇上一百万年，里面的东西也许能碰巧拼成一台收音机。但可以肯定的是，这台收音机永远也不会发出声音，也永远不会被扔掉。还有一些时候，比如这个无聊而闷热的星期六下午，每件事情都不顺心。彼得想搞一点发明创造，做个什么东西，可是他找不到任何有用的零件，家里其他人也不肯帮忙。他们只想懒洋洋地躺在草地上，假装睡觉。彼得实在是受够了他们。这个抽屉似乎代表了他们家的所有问题。真是一团糟！怪不得他不能头脑清醒地思考。怪不得他总是做白日梦。如果是一个人生活，他就能知道上哪儿寻找绳子和螺丝刀了。如果是他独自一人，也就能知道自己在想什么了。他的妹妹和爸爸妈妈制造了这些堆积如山的混乱，他又怎么能搞出改变世界的伟大发明呢？

在这个特别的星期六下午，彼得把手伸向了抽屉的深处。他在找一根钩子，但是知道希望不大。他的手抓住了一根油腻腻的小弹簧，是从园艺大剪刀上掉下来的。他把它丢开了。弹簧后面是一包包种子——时间太久，已经不能种了，但还没久到要扔掉的程度。这是怎样的一家人啊，彼得一边想，一边把手伸向抽屉后面。为什么我们不能像别人家一样，电池里从来都不缺电，所有的玩具都没有坏，拼图和扑克牌都一张不缺，每件东西都整整齐齐地收在柜子里呢？他的手握住了一个冰冷的东西。他拿出来的是一个黑盖子的深蓝色小罐，白色的标签上印着"消失油"。他盯着这几个字看了很久，想弄明白它们的意思。里面是一种厚厚的白色油膏，表面很光滑。还没有被用过。他把食指尖伸进去。那东西是冷的——不是像冰那样坚硬、刺人的冷，而是一种圆润、丝滑、奶油一般的冷。他收回手指，顿时惊讶地叫了一声。他的指尖不见了。消失得无影无踪。他拧上盖子，匆匆上楼来到自己的房间。他把罐子放在架子上，把地上的衣服和玩具踢到一边，这样他就能背靠着床坐下来。他需要仔细想一想。

首先，他检查了一下自己的食指。它几乎跟他的拇指一样短。他摸了摸失踪的指尖应该在的地方。什么也没有。他的指尖不仅仅是隐形。它是彻底消失了。

经过半小时的沉思，彼得走到窗口，从这里能看到下面的后花园。草坪看上去就像厨房抽屉在户外的一个翻版。爸爸妈妈脸朝下趴在毯子上，半睡半醒，晒着日光浴。凯特躺在他们中间，她大概认为晒日光浴能显得自己像个大人。三个人的周围，是他们消磨这个星期六下午的各种杂物——茶杯、茶壶、报纸、吃了一半的三明治、橘子皮、空酸奶盒。彼得充满怨气地盯着自己的家人。你拿这些人简直毫无办法，但又不能把他们丢掉。或者，对啊，也许……他深吸了一口气，把蓝色小罐放进口袋，下楼去了。

彼得在妈妈旁边跪下。妈妈昏昏欲睡地咕哝了一声。

"你应该当心别被晒伤了，妈妈，"彼得亲切地说，"要不要我给你在背上抹点防晒霜？"

维奥拉·福琼嘟囔了一句什么，听起来像是答应了。彼得拿出罐子。少了一截食指，把盖子拧开比较费劲。他戴上了刚才穿过厨房时顺路捡起来的那只手套。妈妈白皙的后背在阳光下闪着光。一切准备就绪。

彼得心里很清楚，他深深地爱着自己的妈妈，妈妈也爱他。她教他怎么做奶糖，怎么读书写字。她从飞机上跳过伞。他生病时，是妈妈在家照顾他。在他知道的所有妈妈中，她是唯一一个能用脑袋拿大顶的。但是彼得决心已定，妈妈必须消失。他用戴着手套的指尖挖出一团冷冷的油膏。手套并没有消失。魔法似乎只对活的细胞组织起作用。他让那团油膏掉在妈妈的后背中央。

"哦，"妈妈叹了口气，语气不太肯定地说，"真凉啊。"彼得把油膏均匀地涂抹开，妈妈立刻就开始消失了。有那么一刻，她的脑袋和腿还在草地上，中间却什么也没有，看着真是别扭。他赶紧又用手指挖出一团油膏,抹在她的脑袋和脚踝上。

妈妈消失了。在她躺过的地面上,彼得眼看着那些被压平的草又挺立了起来。

彼得拿着蓝色小罐走到爸爸那儿。"爸爸,你身上好像晒红了,"彼得说,"我给你抹点防晒霜好吗?"

"不要。"爸爸说,没有睁开眼睛。但是彼得已经挖出一大块油膏,抹在了爸爸的肩膀上。说实在的,在这个世界上,除了妈妈,彼得最爱的人就是爸爸。而且很明显,爸爸也爱着他。托马斯·福琼仍然在车库里存放着一辆太子摩托车(又是一件不能扔掉的东西),经常载着彼得去兜风。他教彼得吹口哨,教他用一种特殊的方式系鞋带,还教他怎么把别人扔过头顶。但是彼得决心已定,爸爸必须消失。这次,他没用一分钟就给爸爸从脚到头都抹了油,草地上只剩下了托马斯·福琼的老花镜。

剩下的只有凯特了。她脸朝下,无比满足地趴在消失的爸爸妈妈中间。彼得看了看蓝罐子,里面的油膏只够抹一个矮小的人了。他不愿意承认自己爱妹妹。不管你想不想要,妹妹都在那儿。不过凯特心情好的时候，跟她一起玩还是蛮开心的，她那张脸让你忍不住想跟她说话。也许在这一切的背后，他确实是爱凯特的，凯特也爱他。然而，他决心已定，凯特必须消失。

他知道，问凯特要不要在背上抹防晒霜是不行的。她立刻就会怀疑他在搞恶作剧。小孩子比大人更难忽悠。他用手指在罐底掏了一圈，正要把不大不小的一团油膏丢在凯特身上，她却突然睁开眼睛，看见了他戴着手套的手。

"你在干什么？"她尖叫起来。她一跃而起，撞到了彼得的胳膊，使本来要落到她背上的油溅到了她的头上。她站在那里，用手抓着头皮。"妈妈，爸爸，他把烂泥甩在我身上。"她哭叫道。

"哦，糟了。"彼得说。凯特的头和双手眼看着就不见了。此刻她像一只无头鸡似的在花园里跑来跑去，挥动着两条被截短的胳膊。如果她有一张可以尖叫的嘴，肯定在没命地尖叫。太可怕了，彼得一边想一边朝她追去。"凯特！听我说。停下！"但是凯特没有耳朵。她不停地绕圈跑，圈子越绕越大，最后撞在花园的围墙上，被弹回到彼得的怀里。怎样的一家人啊！彼得想，同时把最后一点消失油抹在了凯特身上。凯特终于不见了，花园里一片宁静，彼得总算松了口气。

首先，他要把这地方整理干净。他把草坪上的垃圾收拾起来，倒进垃圾箱——茶壶、杯子什么的通通扔掉，这样就省得洗了。从现在起，这家里要有效率地运转。他拿着一个大塑料袋来到自己的卧室，把零零散散的东西都塞进去。所有挡在他路上的都被认为是垃圾——地板上的衣服，床上的玩具，多余的鞋子。他在家里到处巡视，把那些看起来杂乱的零碎东西都收拾起来。至于妹妹和爸爸妈妈的卧室，他索性把门一关了事。他把客厅里的装饰品、靠垫、带相框的照片和图书全拿走了。在厨房里，他清理了架子上的盘子、烹饪书和一罐罐令人恶心的泡菜。临近傍晚时，他终于忙完了，发现垃圾箱旁边摆着满满十一袋生活垃圾。

他给自己做了晚餐——一份白糖三明治。之后，他把盘子和刀扔进了垃圾箱。然后他在家里溜达来溜达去，欣赏一个个空荡荡的房间。现在他终于能清醒地思考了，现在他终于能开始搞他的发明创造了，只要能找到一支铅笔和一张干净的纸。问题是，像铅笔这样的零碎东西，可能已经到了垃圾箱旁十一个袋子中的某一个里。没关系，在开始艰苦的工作之前，他可以先看几分钟电视。福琼家里并不禁止看电视，但也不鼓励看电视，每天只能看一个小时。超过一小时，福琼认为就会损伤大脑。这种说法没有任何医学依据。傍晚六点钟的时候，彼得在扶手椅上坐下，手边是一升的柠檬水、一公斤奶糖和一块海绵蛋糕。那天晚上他看了一星期的定量。直到半夜一点钟之后，他才摇晃着身子站起来，跟跟跄跄地走进黑乎乎的门厅。"妈妈，"他叫道，"我想吐。"他站在抽水马桶旁，等待最糟糕的事情发生。然而并没有，却发生了另一件更讨厌的事。楼上传来了一种难以形容的声音。是一种嘎吱嘎吱、啪嗒啪嗒的脚步声，好像有个黏糊糊的怪物正踮着脚走过一大摊绿色的果冻。彼得的恶心感消失了，取而代之的是恐惧。他站在楼梯脚下，打开电灯往上看。"爸爸，"他哑着嗓子喊，"爸爸？"没有回答。

在楼下睡觉是不可能的。没有毯子，他还把所有的靠垫都扔了。他开始往楼上爬。每走一步都吱吱响，暴露了他的存在。他的心跳轰轰地撞击着耳膜。他仿佛又听到了那个声音，但不能确定。他停下来，屏住呼吸。只有窸窸窣窣的静默和他自己嘣嘣的心跳。他又悄悄往上走了三级。如果凯特在她的房间里跟她的娃娃们说话就好了。离楼梯口只差四级了。如果真有一只怪物在一大摊果冻里拖着脚来回走，它现在肯定已经停下来等着他了。走到他的卧室门口需要六步。他数到三，拔腿冲了过去。他进去后砰的一声关上门，插上插销，靠在门上等待着。

他安全了。他的房间空荡荡的，看着有些吓人。他没脱衣服和鞋子就上了床，准备着如果怪物破门而入，他就从窗户爬出去。那天晚上彼得没有睡踏实，他在奔跑。他在梦中奔跑，跑过发出回音的大厅，跑过布满石头和蝎子的沙漠，跑过冰迷宫，跑过一条倾斜的、海绵状的、墙壁滴水的粉红色隧道。这时候，他才意识到自己没有被怪物追赶。他正顺着怪物的喉咙往下面跑。

他一下子惊醒，坐了起来。外面天色大亮。也许是上午十点多，或是下午两三点。这一天已经有了一种疲惫的感觉。他打开门的插销，把头探了出去。安静。空无一人。他拉开自己房间的窗帘。阳光照了进来，他开始感到勇敢了一些。外面有鸟鸣声、汽车声和一台割草机的声音。当黑夜回来时，

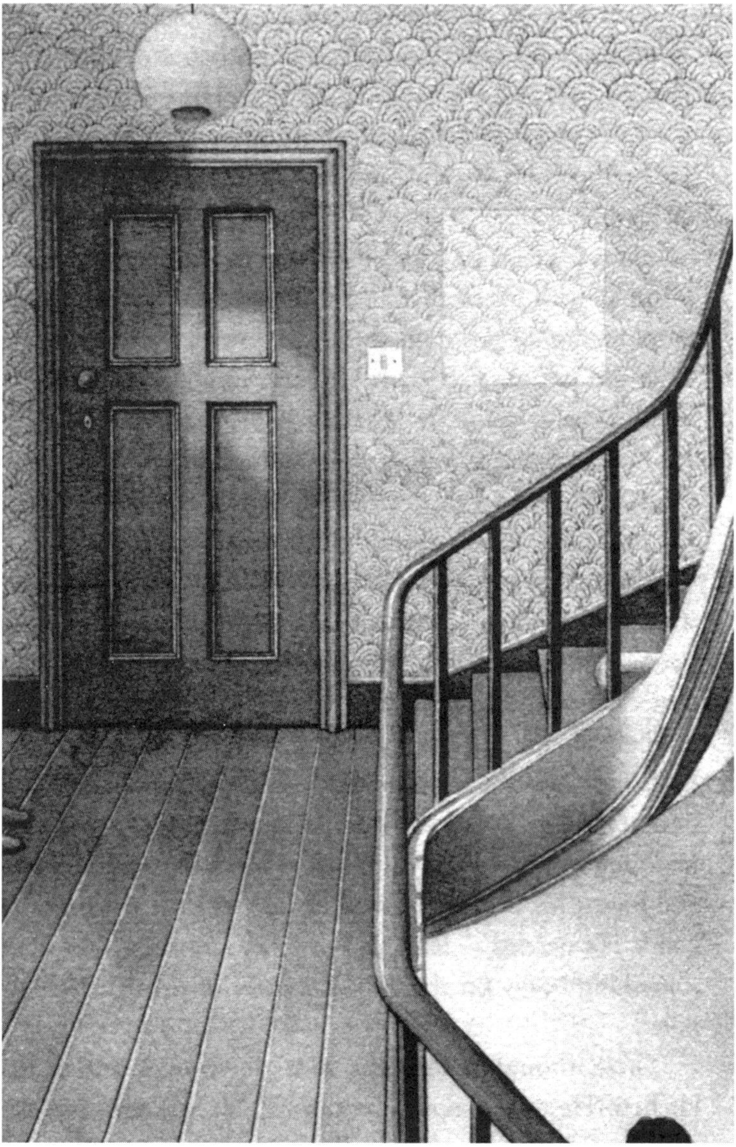

怪物也会回来。他想,他需要一个诱杀装置。他如果想要清醒地思考,搞出他的发明创造,就必须永远解决掉那个怪物。他需要——想想看吧——二十颗图钉,一个手电筒,还需要一个沉甸甸的东西,固定在一根绳子顶端,绳子绑在一根长杆子上……

有了这些想法,他来到楼下,走进了厨房。他拉开抽屉,把一包上次用过的生日蛋糕蜡烛台推到一边,蜡烛台已经融化了一半,就在这时,他注意到了自己的食指。完完整整!它又长回来了。油膏的药效已经消失。他正要开始考虑这件事意味着什么时,感到一只手搭在了他的肩膀上。是怪物?不,是凯特,有头有脚,哪儿都不缺。

彼得开始不停地唠叨。"谢天谢地,你在这儿。我需要你的帮助。我要做一个诱杀装置。你看,有这么一个东西……"

凯特拉扯着他的手。"我们一直在花园里叫你。但你只是站在那里,盯着抽屉发呆。快过来看看我们在做什么。爸爸有一台旧的割草机引擎,我们想做一个气垫船。"

"气垫船!"

彼得由着凯特把他领到了外面。杯子,橘子皮,报纸,还有他的爸爸妈妈——并没有消失。

"快,"妈妈叫道,"过来帮一把。"

托马斯·福琼手里拿着一把扳手。"有你的帮忙,"他说,"也许就能成功了。"

彼得向爸爸妈妈跑去时,心里疑惑今天是星期几。还是星期六吗?他决定不问了。

第四章

恶霸

彼得的学校里有个恶霸,叫巴里·塔莫雷。他看起来不像个恶霸。他没长胡子,脸也不丑,也不会恶狠狠地斜着眼看人,指关节上也没有硬茧,身上也没有带什么危险的凶器。他个头不是特别大。他也不是那种矮小、精瘦、一身骨头,打起架来凶狠无比的人。他不像许多恶霸那样,在家里经常挨打,也没有被宠坏。他爸爸妈妈的态度温柔而坚定,对他很信任。他的声音既不洪亮,也不沙哑,眼睛也不是那种恶狠狠的小眼睛,他甚至也并不算笨。事实上,他的身体圆滚滚、软乎乎的，但也不是很胖，他戴眼镜，有一张松扑扑的粉红色的脸，牙齿上戴着银色的牙箍。他经常是一副悲伤而无助的表情，很能博得一些大人的同情，当他惹了麻烦要为自己辩解时，这个表情很管用。

那么，是什么让巴里·塔莫雷成了一个成功的恶霸呢？对这个问题，彼得做了很多大开脑洞的思索。他得出一个结论：巴里的成功有两个原因。首先，他似乎能够以最快的速度让"想要"变成"得到"。如果你拿着一个玩具在操场上，巴里·塔莫雷看上了这个玩具，他会二话不说把它从你手里抢走。如果他在课堂上需要一支铅笔，他会直接转身"借走"你的铅笔。如果大家都在排队，他会直接走到队伍的最前面。如果他生你的气，他会直接说出来，然后狠狠地揍你。塔莫雷成功的第二个原因，是大家都怕他。没有人知道具体为什么。一想到巴里·塔莫雷这个名字，就会让你感到有一只冰冷的手伸进了你的胃里。你怕他，是因为其他人都怕他。他之所以可怕，是因为他有个可怕的名声。你一看到他走过来，就会赶紧闪开，当他问你要糖果或玩具时，你会乖乖地给他。别人都是这么做的，所以你似乎也应该这么做。

巴里·塔莫雷在学校里是个很霸气的男孩。没有人能阻止他得到他想要的东西。他也无法阻止自己。他是一股盲目的力量。有时候彼得觉得他就像一个被设定了程序的机器人，必须去做那些不得不做的事情。多么奇怪啊，他好像不在乎没有朋友，也不在乎大家都在讨厌他、躲避他。

当然，彼得尽量躲着这个恶霸，同时又对他有一种特别的兴趣。巴里·塔莫雷是一个谜。巴里十一岁生日时，邀请了学校的十几个男孩去参加他的生日会。彼得本来想找借口不去的，但爸爸妈妈根本不听。他们自己很喜欢塔莫雷夫妇，因此，按大人们的逻辑来看，彼得也肯定是喜欢巴里的。

那个笑眯眯的小寿星在家门口迎接他的客人。"你好，彼得！谢谢。嘿，妈妈，爸爸，看我的朋友彼得给我送了什么！"

那天下午，巴里对所有的客人都很友好。他跟大家一起玩游戏，并没有因为那天是他生日就指望每次都是他赢。他和爸爸妈妈一起大笑，给大家倒饮料，帮着收拾碗碟。彼得还找机会偷偷看了看巴里的卧室。里面到处都是书，地板上放着一套铁路模型，床上有一个旧泰迪熊靠在枕头上，此外还有一套趣味化学用具、一套电脑游戏——这卧室跟他自己的卧室并没有什么两样。

下午快结束时,巴里轻轻捶了一下彼得的胳膊,说:"明天见,彼得。"

由此看来,巴里·塔莫雷过着一种双重生活,彼得在回家的路上想道。每天早上,巴里在离开家到学校的这段路上,从一个男孩变成了一个怪物,而在一天结束的时候,怪物又变成了男孩。这些想法使彼得做起了白日梦,开始幻想那些能使人变形的魔药和咒语。然后,在生日会的几个星期之后,他就不再想这件事了。宇宙里有无数个比巴里·塔莫雷大得多的谜,而我们竟然能习惯于带着这些谜生活,这本身就是一个谜。

有一个谜最近就一直在彼得的脑海里萦绕。那天他正走在教室外的走廊里,想去图书馆,两个高年级的大女生从旁边走过。

一个女生对她的朋友说:"但你怎么知道你现在不是在做梦呢?你可能是梦见自己在跟我说话。"

"哦,好吧,"那个朋友说,"我只要掐一下自己,我一疼

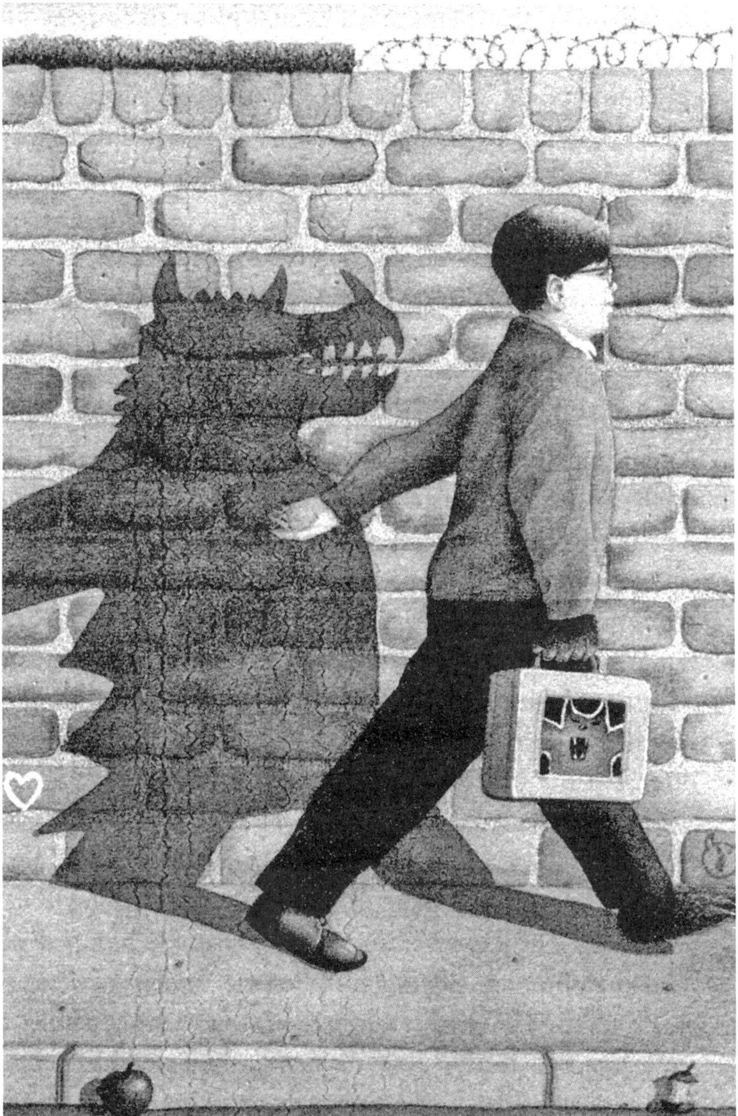

就会醒过来。"

"但是假如,"第一个女孩说,"假如你只是梦见你掐了自己一下,然后只是梦见自己很疼呢。一切都可能是梦,你永远也搞不清……"

她们拐过墙角不见了。彼得停下来思考。他自己也隐隐约约有过这种想法,但从来没有把它说得这么清楚。他看了看四周。手里的图书馆的书,明亮宽敞的走廊,天花板上的灯,左右两边的教室,从教室里出来的孩子们——这些可能根本就不存在。也许都只是他脑子里的想法。就在旁边的墙上有一个灭火器,他把手伸出去摸了摸。他手指触到的红色金属是冰凉的,是结实的,是真的。它怎么可能不存在呢?可话说回来,梦里的情形就是这样的呀——一切似乎都是真的。只有当你醒过来时,才知道自己刚才在做梦。他怎么知道自己不是梦到了这个灭火器,梦到了它的红色,梦到了触摸它时的感觉呢?

日子一天天过去,彼得对这个问题想得更多了。一天下午,他站在花园里,突然之间意识到,如果他只是梦到了这个世界,那么世界上的一切,以及世界上所发生的一切,就都是由他造成的。在他的头顶上,一架客机开始缓缓下降。阳光在它的机翼上闪着银光。飞机上的那些乘客正在扳直座椅靠背、收好杂志,根本不知道他们是被一个躺在地上的小男孩梦到的。这是否意味着如果飞机坠毁也是他的责任呢?多么可怕的想法!可是,慢着,如果真是这样的话,也就根本没有真正的坠机事故了。它们都只是梦。尽管如此,他还是盯着飞机,希望它能安全到达机场。它做到了。

两天后的一个晚上,彼得的妈妈走进他的卧室,吻他,跟他道晚安。当妈妈的嘴唇碰到他的脸颊时,他又有了一个想法。如果他是在做梦,那么他醒来后妈妈会怎么样呢?是不是会有另外一个妈妈,模样大致差不多,但却是真实的?还是会有一个完全不同的人?或者根本没有人?彼得一把搂住维奥拉的脖子,不肯松手,维奥拉感到惊讶极了。

日子一天天过去,彼得反复思考着这个问题,开始认为他的生活可能真的只是一场梦。每天早晨,孩子们像潮水一样涌进学校,老师的声音在教室的墙壁间回荡,她走向黑板时裙子轻轻飘动,这些似乎都像是梦里的情景。同样也像做梦一样,老师会突然站在他面前,说道:"彼得,彼得?你在听讲吗？你又在做白日梦了吗？"

他想告诉老师实情。"我想，"他非常小心地说，"我是梦见自己在做白日梦。"

全班同学都笑了。彼得还算幸运，伯内特太太很喜欢他。她揉了揉他的头发，说了句"注意听讲"，就走回教室前面去了。

事情的发生是这样的：课间玩耍的时候，彼得一个人站在操场的边缘。任何一个旁观者看到的情形都是一个男孩站在墙边，手里拿着一个苹果，两眼发呆，什么也不做。事实上，彼得正在努力思考。他刚才正要吃苹果的时候，突然又有了一个绝妙的想法。一个突破性的想法。如果人生是一场梦，那么死亡肯定就是你醒来的那一刻。这道理太简单了，一定是对的。你死了，梦就结束了，你也就醒了。这就是人们说的上天堂的意思。就像从梦中醒来一样。彼得笑了。他正准备咬一口苹果奖励一下自己时，抬头一看，发现眼前正是校园恶霸巴里·塔莫雷的那张粉红色的圆脸。

巴里脸上带着笑，但看上去并不高兴。他笑是因为他想得到某样东西。他刚才从操场那头朝彼得走过来，直接穿过了那些正在踢足球、跳高和跳绳的孩子们。

他伸出手,简单说了句:"我要那个苹果。"然后又笑了笑。银色的阳光在他的牙箍上闪烁。

话说彼得并不是个胆小鬼。他有一次在威尔士爬山时扭伤了脚踝,硬是一瘸一拐地走下山,没有叫一声苦。还有一次,他没脱衣服就冲进波涛汹涌的大海,把一位女士的狗从海浪中拖了出来。可是他不愿意打架。他逃避打架。就他的年龄来说,他的体格很壮实,但他知道自己绝对打不赢,因为他永远硬不下心肠来对别人下狠手。每次操场上爆发一场打斗,许多孩子都围过去看,彼得却只感到胃里一阵难受,两腿发软。

"快。"巴里·塔莫雷用很讲道理的声音说,"拿过来,不然我就打烂你的脸。"

彼得感到有一种麻木感从双脚慢慢地爬上他的身体。他的苹果是黄色的,带有红色的条纹。苹果皮有点松软了,因为是一星期前带到学校来的,一直放在他的课桌里,使里面有了一股甜甜的木香味儿。值得为它被打烂脸吗?当然不值。可话又说回来,他能因为一个恶霸的一句话,就把苹果拱手相让吗?

他看着巴里·塔莫雷。巴里又逼近了一点。那张粉红色的圆脸涨得通红。他的眼镜把他的眼睛放大了。他的牙箍边缘和一颗门牙之间挂着一小团唾沫。他并不比彼得块头大,而且肯定不如彼得壮实。

已经有几个孩子感觉到操场一角的塔莫雷身边正在上演一出好戏,他们开始三三两两地围成一圈。

"上啊,彼得。扇他!"有人幸灾乐祸地说。巴里·塔莫雷转过身,瞪起了眼睛,那个男孩悄悄溜到了人群后面。

"巴里,加油!加油,老巴!"另外一些声音说。

巴里·塔莫雷不喜欢别人拒绝他。他做好了打架的准备。他把手缩回去,握成拳头,然后侧过身子。他膝盖微微弯曲,身子左右摇晃。他好像很知道怎么打架。

越来越多的孩子加入了围观的圈子。彼得听到喊声传遍了整个操场——打架啦!打架啦!人们从四面八方跑过来。

彼得的心跳声在耳朵里轰轰地响。上次发生这种情况时,他还是一只猫,满身是毛,但骨子里藏着人类的诡计。但这次就没那么简单了。为了拖延时间,他把苹果从一只手换到另一只手,说:"你真的想要这个苹果吗?"

"你听见我说的话了,"塔莫雷用平静的声音说,"这个苹果是我的。"

彼得看着眼前这个准备打他的男孩,想起了三个星期前的生日会,当时的巴里是那么热情、那么友好。此刻他却把脸皱成一团,尽量让自己显得很凶。他怎么会产生这样的想法呢?他觉得在学校里的时候他可以为所欲为,想要什么就拿什么?

彼得大着胆子把目光暂时从巴里身上移开,他看到周围许多兴奋而恐惧的脸凑上前来。那些眼睛睁得溜圆,嘴巴张得老大。马上要有人被可怕的塔莫雷打倒在地了,可是谁都拿他没办法。是什么让粉嘟嘟、胖乎乎的巴里如此强大?彼得脑子里灵光一现,有了答案。这再显然不过了,他想,是**我们**。是我们把他想象成学校里的恶霸。他其实并不比我们任何一个人更强壮。我们想象出了他的能量和力气。我们把他变成了现在的样子。当他回到家时,没有人相信他是一个恶霸,他就变成了他自己。

巴里又说话了。"最后给你一次机会。把苹果给我,不然我就把你直接揍得爬不起来。"

作为回答，彼得把苹果举到嘴边咬了一大口。"你知道吗，"他嘴里含着苹果慢慢地说，"我不相信你的话。实际上，我还要免费告诉你一件事。我连你的存在都不相信。"

人群倒吸了一口冷气，还传出了几声轻笑。彼得的话说得那么自信，也说不定是真的呢。

就连巴里也皱起了眉头，身子不再摇晃。"你说什么？"

彼得所有的恐惧都消失了。他就站在巴里面前，微笑着，好像很同情他的不存在。几个星期来，彼得一直在思考生活是否真的是一场梦。他认为恶霸塔莫雷肯定只是一个梦，他哪怕使出全身的力气打在彼得脸上，也只是像个影子一样，不会对彼得造成丝毫的伤害。

巴里已经缓过劲来，准备要杀人了。

彼得又咬了一口苹果。他把脸凑到巴里面前，盯着他看，仿佛他只是墙上一幅滑稽的图画。"你不过是个胖乎乎的粉红色小果冻……还戴着小钢牙。"

人群中爆发出一阵大笑，笑声蔓延开来，久久没有散去。嘎嘎笑，咯咯笑，大声怪笑。孩子们互相抱在一起，或者拍着大腿。当然,他们是在虚张声势。他们想让别人知道自己不再害怕了。零星的骂人话在人群中此起彼伏。"粉红色的果冻……小钢牙……戴钢牙的果冻!"彼得知道自己的话太残忍了。可是有什么关系呢?反正巴里也不是真的。巴里的脸涨得通红,比任何果冻都要鲜艳。他恼羞成怒了。

不等巴里怒气发作,彼得继续往下说。"我去过你家。还记得吗?在你生日那天。你只是个普通的乖孩子。我看见你在帮你妈妈洗碗……"

"啊——啊——啊。"人群用假装赞美的声音,拖腔拖调地感叹道。

"这不是真的。"巴里大声说。他的眼睛里泪光闪闪。

"我还看了你的卧室,看见你的泰迪熊盖着被子躺在你床上。"

"啊——啊——啊,"人群喊道,音调起得很高,陡然地降下来,透着轻蔑,"哦哦哦哦。乖宝宝小巴里……小宝贝泰迪熊……啊啊啊。"

当然,每个孩子都仍然偷偷地爱着一个破旧的毛绒玩具,晚上还会抱着它睡。可现在得知恶霸竟然也有一个,真是大快人心。

巴里·塔莫雷可能还想着去打彼得的脸。随着喊声和嘲笑声的响起，他举起胳膊，无力地握紧了拳头。就在这时，一件可怕的事情发生了。他突然哭了起来。没有任何掩饰。眼泪从他的鼻子两边哗哗地往下流，他已经控制不住自己的呼吸了。他挣扎着喘气儿，整个身体都在起伏。但是人群根本没有怜悯之心。

"乖宝宝小巴里要找妈妈……"

"想要他的小宝贝泰迪熊……"

"哦哦哦哦。看他那样……"

可怜的巴里此刻哭得太厉害，连转身走开的力气都没有了。他只是站在围观的孩子们中间，捂着脸痛哭流涕。每件事、每个人都在跟他作对。没有人相信他。梦的泡沫破灭了，恶霸也随之消失。

慢慢地，嘲讽声和大笑声平息下来，人群陷入了尴尬的沉默。孩子们开始渐渐散开，回去玩他们的游戏。一位老师匆匆从操场那头走来，搂住这个孤独的男孩的肩膀，一边把他带走一边说："可怜的小家伙。有人欺负你了吗？"

后来，那天上午在教室里，巴里一直蔫头耷脑。他埋着头学习功课，不肯抬头，也不肯与人对视。他似乎拼命想让自己看起来小一点，或者彻底消失。

另一方面，彼得却自我感觉很好。他从操场上走进教室，坐在自己的课桌旁——就在巴里的后面，假装没有看见周围同学的眨眼和感激的微笑。他一根手指也没动，就把那个恶霸给打败了，全校几乎所有的人都看到了。他是一个英雄，一个征服者，一个超人。他凭着自己的足智多谋和聪明才智，简直没有什么事做不到。

可是随着上午的过去，彼得逐渐有了不一样的感觉。他说过的话开始在脑海里回响。那真是他说的吗？他开始注意到前面巴里·塔莫雷无精打采的身影了。彼得向前探过身，用一把尺子在巴里背上拍了一下。可是巴里摇摇头，不肯转过来。彼得又想起自己说过的话，不由得皱起了眉头。他想提醒自己巴里曾经多么可恶。彼得想把注意力集中在自己的胜利上，然而他的感觉已不再良好。他嘲笑了巴里身材肥胖，戴牙箍，有一只泰迪熊，帮妈妈洗碗。他本来是想保护自己，给巴里一个教训的，但最后却让巴里成了全校同学嘲笑和鄙视的对象。他的话对人的伤害，远远超过了一拳打在别人鼻子上。他打垮了巴里。那么现在到底谁是恶霸呢？

出去吃午饭时，彼得在巴里的课桌上丢了张纸条。上面写着："你想踢足球吗？又及：我也有一只泰迪熊，我也要帮忙洗碗。彼得。"

巴里一直害怕在课间休息时面对大家，因此欣然接受了邀请。两个男孩参加了一场足球赛，并且特意要求被分到同一队。他们互相帮忙进球得分，比赛结束后手挽着手离开。任何人都没有理由继续嘲笑巴里了。他和彼得成了朋友，虽然不是亲密的朋友，但还是朋友。巴里把彼得的纸条钉在卧室书桌上方的墙上。这个恶霸，就像所有的噩梦一样，很快就被人忘记了。

第五章

小偷

所有的邻居都在谈论那个小偷。几个月前，他闯入了街道尽头的一户人家。他是在一个阳光明媚的午后，趁那家没人的时候，从一扇后窗爬进去的。他偷走了一些刀叉和一幅画。目前，他正顺着这条街一路偷过来，在街这边偷一家，再到街那边偷一家。

胆子真大啊！人们不停地说。他肯定会被抓住的。昨天夜里他偷了八号那家，下星期该轮到九号了。

然而想不到的是，他会等上三四个星期，然后直接跳到十一号。紧接着第二天，他又来偷十二号。他偷走了电视、录像机、电脑、雕像和珠宝。他知道怎么撬锁，怎么顺着排水管爬上去，怎么给防盗警报器消音，怎么拨开窗户的插销，怎么跟那些恶狗交朋友，还知道怎么在大中午带着赃物扬长而去，不被人发现。他简直是个魔术师，是个超级神偷。他来无影去无踪，无声无息，身手轻盈。他没有在花圃留下脚印，也没有在门把手上留下指纹。

警察被弄糊涂了。两名便衣奉命开着一辆没有标志的汽车过来，监视这条街道。每个人都知道他们是谁。他们坐在车里做填字游戏，吃三明治，直到后来被叫去做更重要的工作。半小时后，小偷就又动手了，从古德盖姆太太家里偷走了一盒昂贵的香水肥皂和一根银头手杖。古德盖姆太太是一位富婆，龇着一口黄牙，独自一个人居住。那根手杖曾经属于她的曾祖父，一个以凶狠著称的传教士。他用它来揍那些不肯学习《圣经》功课的非洲小孩。

"它具有宝贵的情感价值！"古德盖姆太太过来把这个消息告诉彼得的妈妈时，这样哭道，"十九世纪它在世界上环游了三次。还有我的肥皂，我珍贵的肥皂啊！"

"我很高兴他偷走了那根臭拐杖,"古德盖姆太太走后,彼得对凯特说,"但愿那个小偷把它抵在膝盖上折断。"

凯特拼命地点头。"我还希望他把她的牙齿也偷走!"事实是,古德盖姆太太虽然名字听起来有点滑稽[①],但街上的孩子们并不喜欢她。她是那种比较少见的不开心的大人,对小孩子的存在感到极度的恼怒。孩子们在外面玩耍的时候,她从她的前窗冲他们嚷嚷,说他们"在我家门口扎堆儿"。她认为,所有吹到她家草地上的垃圾,都是淘气的孩子们故意放在那里的。如果有一个球或玩具落在她家的花园里,她会冲出来把它没收。她总是心情很不好,而孩子们对她的取笑使她更加闷闷不乐。惹她生气是一件好玩的事情。彼得的爸爸妈妈说她有点疯疯癫癫,值得同情。他们总是想对她表示友好。可是孩子们觉得,很难去同情一个长着黄牙、在大街上追赶你的成年人。

因此,古德盖姆太太的肥皂和手杖被偷走时,彼得并不是很在意。他开始对这个小偷有了几分尊敬。他决定管他叫肥皂萨姆。这家伙胆子真够大的,竟然想顺着门牌号,挨家

---

① 古德盖姆的英文Goodgame,意思是"好游戏"。

挨户地偷光一整条街。他好像是盼着被抓住呢!

几个月过去了,又有几户人家被偷。十五号,十九号,二十二号,二十七号。这样看来毫无疑问了。肥皂正往彼得家这边来,彼得家是三十八号。

彼得花了很多时间拿纸笔做计算。据他分析,小偷选择门牌号没有任何规律。但如果小偷真的来偷他们家,应该是在两个星期内光顾。但也许他们家会被漏过。彼得知道,如果真是那样,他会感到失望的。他没有告诉任何人,只暗自下了决心,他要成为那个抓住肥皂萨姆的人。

在预感到肥皂会来的前一个周末,托马斯和维奥拉·福琼做了一些准备。托马斯·福琼在窗框上钉了几枚长螺丝,把窗户给封住了。他还给前门和后门安装了加强锁,用挂锁锁住了房子的侧门。他想自己安装一套防盗报警器,可是在往墙上钉电线时,用锤子砸了自己的大拇指,这使他的情绪一落千丈。更糟糕的是,报警器不响。已经来不及重新装一套好的了,再说,这根本就挡不住肥皂萨姆。

维奥拉·福琼把她最喜欢的园艺工具搬到了室内。她从一个房间走到另一个房间,把油画、装饰品、灯具和珍贵的图书都收拾起来，锁在顶楼的一个小储藏室里。彼得和凯特把自己最心爱的玩具藏在床底下。就好像街上即将到来的是一场飓风，一场旋风，一场台风，要把他们所有的东西都刮走似的。其实那只是一个小毛贼，偷东西的手段很高明。可是他的聪明比得过彼得吗？

彼得开始筹划他的行动。摆在面前的第一个问题是：要想抓住小偷，他就必须呆在家里，也就是说他不能去上学。他可以装病，但必须小心行事。必须把握好尺度。如果装得过了头，爸爸妈妈就会有一个人请假在家照顾他，肥皂萨姆就会发现家里有人，就会转头去偷街上其他人家了。另一方面，如果彼得装病装得火候不够，就会被打发去上学，随身带着一张不参加体育活动的请假条。而如果他装得像那么回事，就可以一个人呆在家里，好心的邻居法拉尔老太太会每隔一小时左右过来看看他。

下午放学回家后，他把自己锁在卧室里，开始练习病得没精打采的样子。为了让自己脸色苍白，他往脸上扑了一些面粉。镜子里的他活像一具还魂的僵尸。为了让体温升高，他嚼了几颗胡椒粒。效果太明显了。他的嘴和嗓子眼像着了火似的，体温噌噌地往上升。他会被紧急送往医院的。他想，也许扭伤脚踝对他来说更合适。他在卧室狭小的地板上瘸着腿走来走去。他看起来更像一个正在变成螃蟹的男孩。

三天后，他还在练习装病技巧呢，突然从妈妈那里听到一个消息。住在三十四号的巴登夫妇家被偷了。就在两个月前，他们刚花好几千块钱安装了一套最新的报警系统，带有红色和蓝色的警灯、防入侵声波装置和一个鸣笛警报器。肥皂萨姆似乎是穿墙而入，潜入他们家，偷走了一副装在玻璃柜里的、有四百年历史的网球拍，还有一个被虫蛀过的钢琴凳，据说莫扎特五岁时曾在这凳子上坐过两分钟。

"那不是太吓人了吗？"维奥拉·福琼说。

"真可恶。"彼得附和道。

可是妈妈一走，他就兴奋地挥起了拳头。肥皂萨姆已经出动了！彼得没有理由相信下一个就会轮到他们家，三十八号了。他之所以下了决心，是因为他希望这件事发生，而这似乎就够了。他也不可能知道下一次入室盗窃会是什么时候。但他猜测了一下，断定肥皂萨姆四五天内就会光临。

现在，彼得一边筹划怎样装病，一边考虑怎样把小偷抓住。他的幻想五花八门：活板门，一张从天花板上掉下来的网，一个涂着强力胶的金锭子，通着电线的门把手，还有仿真枪、毒飞镖、套索、滑轮和绳子、锤子、弹簧、卤素灯，还有恶狗、烟筒、激光束、钢丝弦和一个花园叉子。但彼得不是傻瓜。他心里很清楚，所有这些想法都可行，但他同时也知道，对于一个十一岁的孩子来说，要让它们发挥作用几乎是不可能的。

那个星期六的早晨，他躺在床上想心事。他发现自己正盯着床边踢脚板上的那个破老鼠洞。最近家里没有老鼠，那个洞似乎一直都在那个墙根，一直通到地板下面。然后，他抬头盯着那个放着他最心爱宝贝的架子，突然就看到了解决问题的办法。不管他怎么做，都必须越简单越好。下面有老鼠洞，上面有去年的生日礼物，它们似乎都在看着他说："用我！用我！"

他坐在桌旁，拿过一张纸，用颤抖的手写了一封短信，这也许是他写过的最重要的一封信。他把信装进一个信封，在信封上写了字，拿着它下楼来到放着家里所有账单的书桌前。他把信藏了起来，藏在一个看不见但很容易找到的地方。

信封上用大写字母写着：" 如果我突然死去，请打开。"

维奥拉·福琼感到很自豪，她觉得能深深地懂得自己的孩子。她了解他们的情绪、他们的弱点、他们的忧虑、他们的一切，远远胜过他们对自己的了解。比如，早在彼得和凯特感到疲劳之前，她就知道他们累了。她还知道他们什么时候心情不好，哪怕他们以为自己心情很好。在那个星期天的晚上，她默默地观察到，彼得被叫来吃晚饭的时候动作慢吞吞的，他虽然吃完了自己盘子里的饭菜，但吃得很费劲，这点瞒得了别人却瞒不了她。问他要不要再添一份时，他嘴唇颤抖着掩饰自己的恶心。而晚饭吃的是牛排和薯条，上面还浇了一大堆番茄酱。

"彼得，宝贝儿。你脸色不太好。"她终于说道。

"我感觉很好呀。"彼得说，叹了口气，用手抹了一把脸。

"我想你需要早点睡。"维奥拉说。

"不用吧。"彼得说，但是妈妈机智地注意到，他说话的底气不像平常那样足。晚饭后，他被要求换上睡衣时，只是象征性地反抗了一下。二十分钟后，她朝他的卧室里张望时，他已经睡着了。他骗不了我,她一边踮着脚离开,一边想道。他真的不舒服了。

彼得躺在床上制订计划,直到半夜才睡着。第二天早晨,妈妈明显看出他脸色苍白,无精打采。她给他量了体温。不是很严重,但显然不能去上学了,他再怎么恳求也没有用。他状态还好,可以看书和看电视,所以跟法拉尔太太那边打了个招呼。彼得被安排在了客厅的沙发上。

"家里看上去有人倒也不是一件坏事,"爸爸进来告别时说道,"把电视机的音量调大。你至少能让小偷不敢进来。"

家里的人都离开了。彼得关掉电视机,在毯子下面摊开四肢,听着房子渐渐安静下来时的吱吱声和嗡嗡声。现在才上午九点半,他认为小偷还不会闯进来。他相信小偷不会起得这么早。肥皂萨姆多半会一觉睡到中午,然后慢悠悠地吃一顿很长时间的早餐,一边喝着浓咖啡,一边计划下一步的行动,同时读着报纸上老朋友被捕的消息。

果然,那天上午平安无事。法拉尔太太带了些自己做的饼干过来。彼得看电视,看书,检查他的设备,在家里走来走去,关掉了一两盏灯,拉上了客厅的窗帘,不让外面的人看到他。从街上看,这座房子里似乎没有人。他开始感到有些不安。他吃了留给他的午餐,其实肚子并不饿。他厌倦了看书和看电视,最糟糕的是,他厌倦了等待。他在一个个的房间里悄悄徘徊。他蹑手蹑脚地走到窗口,往外面看。街道上那么安静、沉闷,没有小偷。也许这一切都是个愚蠢的错误。也许他应该在学校里和朋友们在一起。

他小心地带着他的防盗设备,上楼回到自己的房间。他把身子探出窗外,街道的两边都可以看得清清楚楚。没有人,什么都没有,就连一辆路过的汽车也没有。他躺在自己的床上唉声叹气。抓小偷应该是一件很刺激的事,可是今天却成了他这辈子最无聊、最空虚的一天。整个上午都在装病,什么也没有做,这让他感到非常厌倦。

他闭上眼睛,意识开始游离。准确地说,他并没有睡着,更像是打了个盹儿。他意识到自己躺在床上,能听到外面的声音从开着的窗户飘进来。先是脚步声,从很远的地方传来,越走越近。接着是一阵摩擦和拖拽的声音,尖利,刺耳,像是金属在石头上被拖过,而且这声音也越来越大,然后停住了。彼得很清醒,知道自己真的应该努力睁开眼睛。他应该下床去把窗户关上。可是他躺着太舒服了,身体又沉又软,像一个灌满了水的气球。他费了好大的劲儿才挪动了眼皮。这时外面又有了动静,就在他的窗户下面,是一种轻轻的、有节奏的声音,像是脚步声,但速度比较慢,似乎有人正在爬梯子上来。还有急促的、气呼呼的喘气声,一秒比一秒响。

彼得猛地醒过来,睁开了眼睛。映入眼帘的是那扇打开的窗户。他可以看到一架铝合金梯子的顶端靠在窗台上,一只手,一只皱巴巴的苍老的手,正在窗台上摸索,接着是另一只手。彼得缩回到枕头里。他害怕极了,忘记了自己精心构想的计划。他只能眼巴巴地看着。窗框里出现了一个脑袋和两个肩膀。那张脸被一条格子围巾和一顶黑色松紧帽遮住了。那身影凝固了片刻,盯着房间里,但没有看见彼得。然后它开始爬进窗户,一边烦躁地咕哝着"该死的蠢货!"。最后它进了房间,在那里东张西望,仍然没有注意到彼得。彼得一动不动地躺着,看上去一定像是床单图案的一部分。

小偷把手伸进口袋,掏出一副黑手套,迅速地戴上了。然后他解开围巾,推开帽子露出了脸。原来那根本不是一个男人。彼得没有忍住,惊奇地叫了一声。小偷毫不惊讶地直

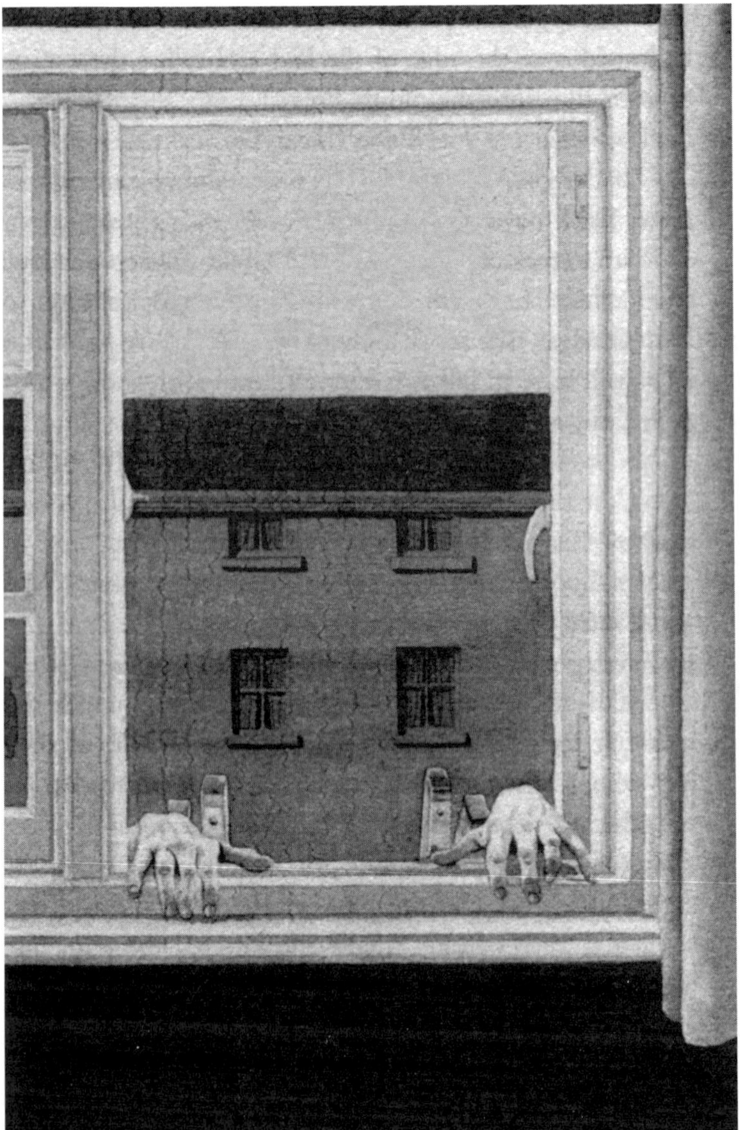

视着他。

"古德盖姆太太！"彼得小声说。

她朝他一笑，扬起眉毛，露出嘴里的黄牙。"没错。我刚爬进来就看到你了。我还在想你什么时候能认出我来呢。"

"可是你上星期刚被偷……"

她看了他一眼，对他的愚蠢表示同情。

"那都是你编的，这样就没人会怀疑是你……？"

她开心地点点头。她做小偷好像快乐多了。"现在，你是准备让我继续干我的活，并且事后守口如瓶呢，还是逼着我不得不干掉你？"

她一边问着这个重要的问题，一边往房间里走着，四下张望。"真是没什么好东西。但这个归我了。"

她从架子上拿下一个埃菲尔铁塔的小模型，那是彼得有一次参加全校旅行时在巴黎买的。她把它塞进了口袋。

就在这时，彼得想起了自己的计划。他从床头柜上拿起照相机。"古德盖姆太太？"他语气温和地说。正在打量彼得玩具的古德盖姆太太转过身来，顿时，闪光灯在她脸上闪了一下。又闪了一下……又闪了一下。三张照片拍完，彼得立刻开始把胶卷取出来。

"嘿,小子,把那个照相机给我。马上。"说到最后两个字时,她的声音拔高成了尖叫。她伸出一只气得发抖的手。

彼得把胶卷取出来。就在他把照相机递给她的时候,他从床边弯下身,把已经曝光的胶卷筒滚进了那个老鼠洞。

"小子,你在做什么?照相机里面是空的!"

"没错,"彼得说,"你的照片就在那下面。你永远也弄不出来。"

古德盖姆太太蹲下身查看,膝关节嘎吱嘎吱地响。然后她气急败坏地喘着粗气,站了起来。"哦,天哪,"她有点不知所措地说,"你说得对。看来我还是不得不杀了你。"她说着掏出一把枪,指着彼得的头。

彼得把身子往后靠在墙上。"我希望你别这么做,"他说,"但如果你一定要杀我,有件事情你最好先知道。为了公平起见,我应该告诉你。"

古德盖姆太太卑鄙而冷酷地一笑。"有话快说。"

彼得语速很快地说。"这家里的某个地方有一个信封,上面写着'如果我突然死去,请打开'。信里说,这个老鼠洞里藏着一张小偷的照片，她同时也是个杀人犯。他们需要一根撬棍和一把大锤才能拿到照片，但我相信他们愿意费那个事。"

古德盖姆太太至少花了一分钟才听懂这番话的意思，同时她一直用枪对准彼得的头。最后，她把枪放低了，但并没有把它收起来。

"很机智，"她没好气地说，"但是你的计划并不是没有破绽。如果我杀死你，照片会被发现，我会被抓。但如果我不杀死你，你还是会把照片交给警察，我还是会被抓。所以为了让自己开心，我还是把你干掉好了。这也算是对你的惩罚，你把我的生活搞得这么艰难。"

咔哒一声，她松开枪栓，又把枪朝彼得举了起来。彼得一边跌跌撞撞地下床，一边想把双手举过头顶。要做到这点不太容易。他可不想被打死。再过几个星期就是他的生日了，他还想得到一辆新自行车呢。

"可是，古德盖姆太太，"他结结巴巴地说，"这些我都想到了。只要你答应不再偷东西，并且把偷走的东西全都还回去，我就想办法把那些照片掏出来交给你。真的，我说到做到。"

她眯起眼睛想了想。"嗯。把那些东西都还回去可不容易，你知道。"

古德盖姆太太收起了枪。彼得放下了胳膊。"你知道，"她用讨好的声音说，"我本来希望一直偷到这条街的尽头。你能不能就让我……"

"对不起。"彼得说，"现在必须收手了。这是我的条件。如果你不接受，就朝我开枪吧。"

她转过身，似乎有些犹豫，有那么一瞬间，彼得紧张地以为她肯定会开枪了。然而她却拿出围巾，裹住了自己的嘴，又把帽子拉下来戴紧。她走到窗口，开始往外爬。

"知道吗，这几个月我过得开心极了。现在我只能又回去冲孩子们嚷嚷了。"

"是的，"彼得友好地说，"那样你不会被抓。"

她最后朝他露出一个卑鄙的微笑，接着就消失了。彼得听见她踩着梯子下去的吱嘎声，还有梯子从墙边被拖走的摩擦声。他一屁股坐在床沿上，双手抱头，舒了口气。刚才真是惊险啊。

他保持这个姿势坐着,突然听到脚步声咚咚地上楼来了。门一下子被推开,爸爸冲了进来,他蹲在彼得身边,抓起了他的手。

"谢天谢地,你没事。"托马斯·福琼上气不接下气地说。

"是啊,"彼得说,"刚才真是非常……"

"你在这上面睡觉,"爸爸说,"幸亏如此。你什么都没听到。他偷走了电视机、毛毯,还有厕所里所有的肥皂。他在一扇侧窗的玻璃上敲了个洞,拧开了螺丝……"

爸爸不停地往下说,彼得却盯着那个老鼠洞。在接下来的日子里,他要花很长时间趴在地上,用一根掰直了的铁丝挂衣架在那个洞里搜寻。每次他在街上碰到古德盖姆太太,她都假装不认识他。她一直没有遵守诺言,把偷走的东西还回来,而且,偷窃行为一直进行到了这条街的尽头。只要他能把那些照片搞到手,她就会去坐牢,所以他继续用那根铁丝掏来掏去。然而他一直没有找到那卷胶卷,也一直没有找到他的埃菲尔铁塔模型。

第六章

婴儿

春天的一个下午,厨房里洒满了阳光,彼得和凯特得到一个消息,劳拉姨妈和她的小宝宝肯尼斯要来住一段时间。爸爸妈妈没有说明原因,但从他们严肃的表情可以看出,姨妈的情况有点不太好。

"劳拉和小宝宝住你的房间,凯特,"妈妈说,"你只能搬去和彼得住了。"

凯特勇敢地点头。

"你觉得可以吗,彼得?"爸爸问。

彼得耸了耸肩。好像也没什么可选的。

就这样安排好了。事实上，彼得很盼着劳拉的到来。劳拉是他妈妈众多兄弟姐妹中最小的一个，彼得很喜欢她。她喜欢冒险，非常有趣。有一次，彼得在一个乡村集市上看到她绑着一根橡皮绳，从二百英尺高的起重机上往下跳。她从高空一跃而下，眼看就要掉在草地上摔成碎片的一刹那，又嗖地蹿到了空中，伴随着一声长长的、充满了惊恐和快乐的尖叫。

凯特搬进了彼得的房间，带着她最新的游戏，一盒魔法玩具，里面有一根魔杖和一本咒语书。她还带来了由三十个洋娃娃组成的一支小队伍。就在那天，家里出现了一大堆婴儿用品——婴儿床、婴儿高脚椅、婴儿围栏、婴儿车，还有一辆手推车、一个室内秋千以及五大包的衣服和玩具。彼得心里很怀疑。一个小不点儿不应该需要这么多东西。可是凯特却兴奋得疯狂。即使在平安夜也从没见她这么开心过。

为了迎接客人，两个孩子可以晚一点上床睡觉。熟睡的婴儿被抱到沙发上安顿下来。凯特跪在沙发旁，就像在教堂里似的，痴痴地盯着婴儿的脸，偶尔叹一口气。劳拉坐在房间的另一边,用颤抖的双手点燃了一支烟。彼得一眼就看出她没有心情开玩笑,或者做什么危险的事,当然,除非把抽烟也算作危险的事。她三言两语地回答彼得妈妈温柔的寒暄和提问,并迅速地转过头,把烟喷向一个没有人的角落。

接下来的几天里,他们很少见到劳拉,倒是经常见到小婴儿肯尼斯。一个小不点儿竟然能占据这么大的空间,彼得不由得啧啧惊叹。走廊里放着婴儿床和婴儿车,客厅里塞着婴儿围栏、秋千、手推车和一大堆散乱的玩具,厨房里,一把高脚椅挡在了去柜子里拿饼干的路上。

肯尼斯本人也是无处不在。他是那种特别擅长爬行、觉得学走路没什么好处的婴儿。他在地毯上笨笨地往前爬,速度惊人,简直像一辆军用坦克。

他是一个很臃肿的婴儿,大大的方下巴上,是一张胖嘟嘟、湿乎乎的脸,总是兴奋地涨得通红,一双亮晶晶的眼睛透着坚决,如果不能立刻得到自己想要的东西,他就会两个鼻翼呼扇呼扇,像个相扑运动员似的。

肯尼斯见什么抓什么。他只要看到一件能抓起来的东西,就会用汗津津的拳头把它攥住,往自己的嘴边送。这真是一个很吓人的习惯。彼得正在用胶水粘飞机模型,肯尼斯竟然想吃掉那个原本应该坐在驾驶舱里的飞行员。他还把机翼也咬坏了。他吃了彼得的家庭作业。他把铅笔、尺子和书都放在嘴里咬。他爬进卧室,想大嚼特嚼彼得生日得到的那架照相机。

"他疯了!"彼得一边把相机擦干,一边嚷道,妈妈把肯尼斯抱走了,"如果他能把我们塞进嘴里,准会把我们都吃掉的。"

"这只是一个阶段,"凯特很理智地说,"我们以前也都是这样。"自从肯尼斯来了以后,她就用上了这种心平气和、什么都知道的口气,这也让彼得感到恼火。她是从妈妈那儿学来的。毫无疑问,没有人能否认这个婴儿很难搞。吃饭的时候是最可怕的。肯尼斯总有办法把食物弄得一团糟。他又是捣又是压,直到食物像胶水一样滴下来,然后他把它们涂在自己的胳膊、脸上、衣服和高脚椅上。这情景让彼得看了反胃。他不得不闭着眼睛吃饭。谈话是根本不可能的,因为婴儿几乎每吃一勺,都要扯着嗓子大声怪叫。

婴儿把整个家都给霸占了。房子里的每个角落都充斥着他的叫声、气味和疯狂的大笑,还有那双见什么抓什么的小手。他翻空了柜子和书架,撕碎了报纸,打翻了台灯和满瓶的牛奶。似乎谁也没有往心里去。事实上,每一个人,彼得的妈妈、姨妈、妹妹和爸爸,对每一次新的胡闹都欣喜得连声惊叹。

一天下午放学后,事情到了非解决不可的地步。当时正是仲夏,但是外面下着雨,天气很冷,凯特躺在床上看书。彼得跪在地板上。学校里掀起了一股弹珠热,他打弹珠打得热火朝天。前一天,他从另一个男孩那里赢得了一颗他见过的最漂亮的弹珠——绿宝石。它比大多数弹珠都小,而且似乎自己能发光。现在彼得正把它滚过地毯,去打那颗他经常用来练习瞄准的果酱色大弹珠。绿宝石刚一出手,肯尼斯那胖嘟嘟的光脑袋就出现在了门口。弹珠直接朝他滚去,他兴冲冲地往前扑。

"肯尼斯,不!"彼得喊道。但来不及了。婴儿一把捞起弹珠,放进了嘴里。彼得赶紧在地板上爬过去,想撬开肯尼斯的下巴。接着他停住了。眼前的事情清楚得可怕。婴儿一动不动地坐着。刹那间,他的眼珠子突了出来,脸上掠过一种困惑和不耐烦的表情。然后他眨了眨眼,又眨了眨眼,看着彼得,笑了。

"糟了,"彼得小声说,"他把它吞下去了。"

"吞了什么?"凯特说,没有从咒语书上抬起目光。

"我的绿宝石,我昨天赢的那颗弹珠。"

凯特又拿出了那副心平气和、什么都知道的口气。"哦,那个呀。换了我就不会担心。弹珠很小,很光滑。不会对他有什么伤害。"

彼得气呼呼地瞪着肯尼斯,肯尼斯坐在那里,心满意足地盯着自己的手。"我才不是关心他呢。我的弹珠怎么办?"

"没事,"凯特说,"它会从另一头出来的。"

彼得哆嗦了一下。"多谢。"

凯特合上咒语书。她俯下身挠肯尼斯的痒痒。婴儿大声笑着,朝她的床爬去。她把他抱起来,让他挨着自己坐在床上。"你知道我在想什么吗?"她说。

彼得没说话。他知道凯特会告诉他的。

"我认为你是在嫉妒肯尼斯。"

妹妹有时候真令人恼火。"太傻了吧!"彼得说,"我从来没听过这么傻的话。我怎么可能嫉妒这玩意儿呢?"他瞪着婴儿,婴儿也带着简单的好奇盯着他看,大脑袋摇摇晃晃的。

"他不是玩意儿,"凯特说,"他是一个人。反正,这件事很简单。现在大家的注意力都在他身上,不在你身上了。"

彼得怀疑地看着她。"这肯定不是你自己想出来的。你听谁说的?"

妹妹耸了耸肩。"反正这是事实。你不再是家里最小的男孩了。所以你才对他这么讨厌。"

"我讨厌他?拜托,是他吃掉了我的弹珠。他是个疯子。是个讨厌鬼。是个怪物!"

凯特气得满脸通红。她站起来,把肯尼斯抱到地板上。"他是个可爱的小家伙。你太可恶了。应该有人给你一点教训。"她一把抓起咒语书,匆匆离开了房间。婴儿歪歪倒倒地跟在她后面。

半小时后,彼得溜达到了楼下。凯特懒洋洋地坐在客厅的扶手椅里,腿上放着那本打开的书。肯尼斯躺在地板上,起劲地啃着一本旧杂志,一时间风平浪静。

彼得在房间的另一头坐了下来。他想继续辩论。他想知道凯特的那个荒唐想法是从哪儿来的。但他不知道从何说起。妹妹正对着她的书皱眉头,手里摆弄着那根配套的黑魔杖。肯尼斯终于注意到了彼得,朝他爬了过来。婴儿把彼得的腿当支撑,拉着它从地上站了起来,最后摇摇晃晃地站在彼得的两个膝盖之间。

彼得越过婴儿的头顶盯着妹妹。妹妹没有抬头。她还在生他的气。幸好那套魔法道具只不过是个玩具。他又低头看着肯尼斯。婴儿深深地凝视着他的眼睛,皱起了眉头,似乎在寻找他脑子里的什么东西,也许一段回忆,或一条关于另一个生命的秘密线索。

"啊啊啊啊。"肯尼斯轻声地说。

"啊啊啊啊。"凯特在房间的另一头跟着说。她用魔杖指着彼得。

"啊啊啊,啊啊啊。"肯尼斯继续念念有词。

"啊啊啊,啊啊啊。"凯特附和着,挥手在空中画了个圈。房间开始变亮,地板和天花板上下颠倒,而且房间越来越大,大得像宫殿里的豪华大厅。

彼得站了起来,身子摇晃着保持平衡。他抓住一根柱子。

但柱子是活的，带着温度。那是一条腿，一条巨大的腿。彼得抬起沉重的、摇摇晃晃的头，想把自己游离的目光对准那条腿的主人。他瞥见了一张脸，但它立刻就从视线中消失了。他把大脑袋往后仰了仰，又看见了它——是一个穿校服的巨大版的自己，正低头盯着他，眼神中带着毫不掩饰的厌恶。彼得呆呆地低头看着自己的衣服——一件可笑的连裤衫，上面印着泰迪熊的图案，胸前还沾着橙汁和巧克力。可怕，太可怕了！他跟肯尼斯交换了身体。

惊讶之下，彼得松开那条腿，扑通跌坐在了地上。

"哎哟！"他听到一个悦耳的声音替他叫了一声。

这太可恶、太不公平、太恐怖了。他差不多要哭了，但又好像不记得是什么惹自己不高兴的。他的注意力飘来飘去，从一件事游移到另一件事。

"帮帮我！"他喊道，"有人吗，想想办法吧！"但他嘴里发出的却是一连串莫名其妙的"嘘嘘"声。他的舌头根本不听使唤，而且他好像只有一颗牙。

眼泪哗哗地在他脸上往下流，就在他大口吸气，准备把肺灌满、放声大哭时，某个力气很大的东西一把夹住他的两个胳肢窝，他顿时就飞到了五十英尺的高空。他张着嘴，惊讶得口水滴滴答。他正盯着劳拉姨妈的脸，那张脸像悬崖一样高大和巍峨。她看上去像雕刻在大山上的那些美国总统。

她的声音像交响乐团一样浑厚而悦耳，在他的耳边轰鸣。"五点钟了。该喝茶、洗澡、上床睡觉啦！"

"把我放下，劳拉姨妈。是我。彼得。"

可是发出来的却是："啊啊，啊古啊吗。"

"没错，"姨妈鼓励地说，"喝茶，洗澡，睡觉。你听到了吗？"她对远处一个人说："他想说话呢。"

彼得开始踢打和挣扎。"放我下去！"然而此刻他正以可怕的速度飞过房间。他肯定会在门框上撞得粉碎的。"哎呀呀！"他尖叫道。就在这时他们改变了方向，他被迅速带到厨房那头，放进了那张高脚椅里。

午后的阳光透过花园的树木洒进来，在墙上投下变幻的图案，漂亮极了，彼得立刻就忘记了一切。

他指着喊道："啊啊呀！"

劳拉阿姨一边给他脖子上系围嘴，一边轻声地哼着歌。好吧，至少他现在没有摔在地上的危险了。他可以告诉姨妈，他中了一个残酷的魔法。于是他用自己最通情达理的声音说道："嘤，嘤，呀。"他本来还想多说几句，可是嘴巴突然被一勺煮鸡蛋给堵住了。那味道和气味，那颜色和口感，那闷闷的声音，淹没了他的感官，扰乱了他的思想。鸡蛋在他嘴里炸开，蛋白和蛋黄的感觉涌上了他的脑袋。他的整个身体摇晃着，想指着劳拉手里的碗。他还要吃。

"啊克，"他嘴里含着鸡蛋喊，胳膊使劲挥着，"啊克，啊克，啊克！"

"是的，"姨妈安慰他说，"你爱吃鸡蛋。"

在吃完鸡蛋前，彼得没法考虑别的事。鸡蛋吃完后，他还没来得及想起自己要说什么，一杯橙汁就以喷香的、浓郁的、轰轰烈烈的味道，分散了他的注意力。然后香蕉泥开始喂进他的嘴里。这东西太好吃了，他自豪地把它涂在头发上，抹在手上、脸上和胸前。

最后他摇晃着退到椅子边。他吃得太饱，连眼睛都眨不动了。但他知道他必须说出来。这次他说得很慢，用舌尖抵着嘴里唯一的一颗牙齿。

"劳拉姨妈，"他耐着性子说，"我其实不是你的小宝宝，我是彼得，是凯特把我……"

"没错，"劳拉赞同道，"阿古阿古，说得对。看看你的样子吧。从头到脚都是鸡蛋和香蕉。该洗澡了！"

现在彼得被劳拉姨妈抱着，飞上了楼梯。他们在楼梯口跟凯特擦身而过。

"哇哇哇！"他对凯特喊，"哇哇哇，哇哇哇！"

"乖——！"凯特大声回道，举起了魔杖。

几分钟后，他坐在一个小游泳池那么大的浴缸里，温暖的水流环绕着拍打他的胸口。他知道他应该跟姨妈说说话，但此刻他更感兴趣的是张开两个手掌拍打水面。每一片水花都是那么复杂和独特，飞到空中时，水滴四散开来，翻滚着落回浴缸，形成图案和涟漪。太奇妙了，太好玩了。

"哇，看这个，"他发现自己在大喊，"咦，呀，啊克！"他兴奋极了，胳膊和腿猛地一挺，向后跌倒。劳拉阿姨用手掌轻轻一托他的后脑勺，扶住了他。

彼得一下子醒悟过来，想起他必须让姨妈知道他是谁。"啊巴啊巴……"他开始说，不料他突然就从水里冲了出来，就像一枚导弹从潜水艇里射出，他落在一块白色的浴巾里，浴巾有整个后花园那么大。

他的身体被擦干，扑了粉，裹上了尿布，扣上了睡衣，然后被抱进卧室，放在了肯尼斯的婴儿床上。劳拉姨妈给他唱了一首活泼有趣的歌，讲的是一只黑羊存了几袋羊毛给他认识的人。

"再唱一个！"他喊道，"嗯嘎！"

于是姨妈又唱了一遍。然后她亲了亲他，抬起小床栏杆，轻轻地离开了房间。

要不是那首歌让彼得那么开心和犯困，他肯定会感到很惶恐。傍晚的阳光照在拉着的窗帘上，窗帘神秘地摇动着。鸟儿用颤音唱着不可思议的歌。他出神地听着。他该怎么办？如果劳拉回家时把他带走呢？他想坐起来思考，可是他太累了，根本没法把那硕大的脑袋从床垫上抬起来。

他听到门开了，脚步声从房间那头走过来。凯特的脸出现在了栏杆之间。她在得意地笑。

"凯特，"他压低声音说，"快把我弄出去。去把魔杖拿来。"

她摇了摇头。"你活该！"

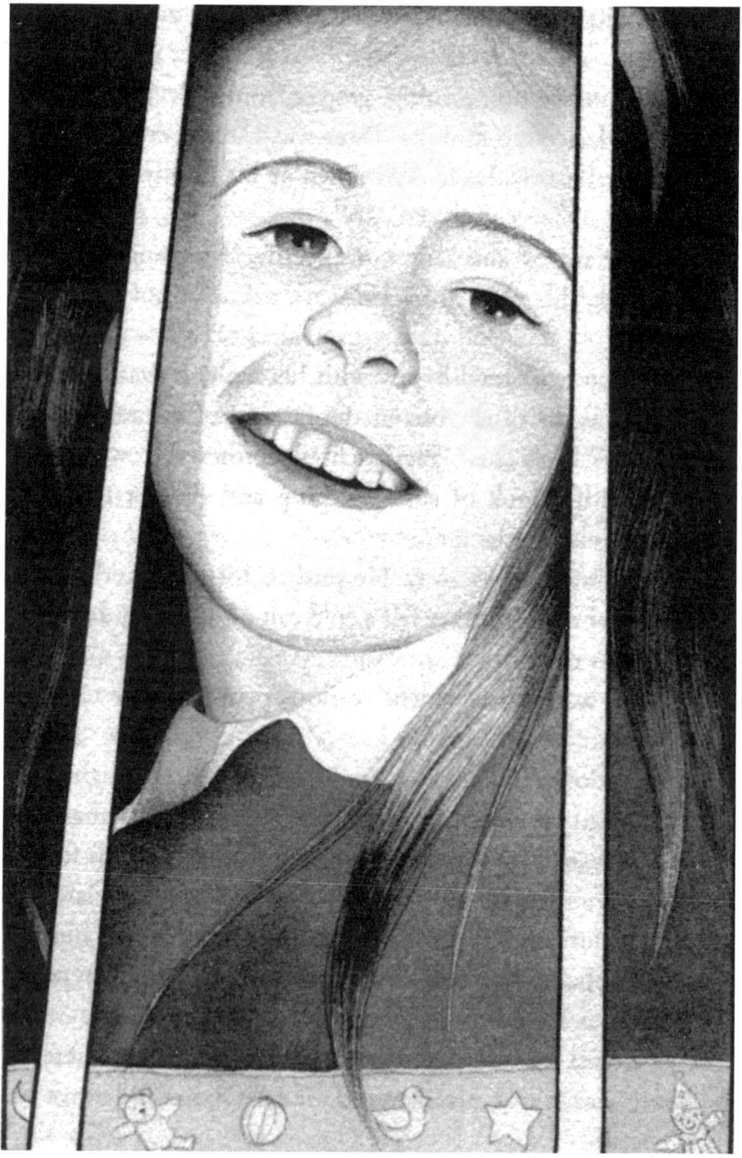

"我还要做家庭作业呢。"彼得恳求道。

"肯尼斯在替你做呢。"

"他会搞得一团糟的。求你了,凯特。我把所有的弹珠都给你。你想要什么都行。"

她笑了。"你这样就好多了。"

她把手从栏杆间伸进来,挠了挠他的肚皮。他想忍住笑,但根本忍不住。

"晚安,小胖墩儿。"她轻声说,然后就走了。

第二天早上,感觉沉睡了六个月的彼得一觉醒来,脑子昏昏沉沉,被抱到了楼下的厨房里。他坐在高脚椅上,睡眼蒙眬地看着自己的家人。

他们挥着手,欢快地喊道:"早上好啊,肯尼斯。"

"啊克,"他哑着嗓子回答,"啊克啊克。我不是肯尼斯。我是彼得。"

听到他的回答,大家似乎都很高兴。就在这时,他注意到了桌子那头的男孩。那是肯尼斯,在彼得的身体里,穿着彼得的校服。他瞪着彼得,眼光里充满了厌恶和憎恨,顿时,阴郁的情绪在空气中扩散。

男孩移开了目光。他把盘子推到一边,站起来离开了厨房。彼得觉得自己受到了冰冷的排斥。他立刻哭了起来。

"哦,又怎么啦?"厨房里的人们开始说道。

"他不喜欢我。"彼得想用嚎啕大哭告诉他们,"这让我感到很难受。啊啊,啊巴,啊哇哇!"

他的眼泪被擦去了,凯特和肯尼斯离开家去上学,爸爸妈妈赶着去上班。半小时后,彼得换上了干净的睡衣,发现自己坐在客厅的地板上,被关在婴儿围栏里,劳拉正在楼上忙碌。

现在终于可以制订逃跑计划了。家里的什么地方藏着凯特的那根魔杖。他只要把它在头顶上一挥……

他用软弱无力的小胖手抓住围栏的栏杆,总算把自己拉得站了起来。栏杆比他的头顶高出几英寸。他没有踏脚点,也没有那么大的力气翻过去。他坐了下来。他只能被抱出去了。他必须把劳拉叫下楼来。

他正要大声喊她,注意力却被脚边一块黄灿灿的砖头吸引住了。黄色,黄色,黄色,那砖头叫道。它在震动,在发光,在哼唱。他必须得到它。他向前一扑,用手抓住了它,但好像并没有摸到它,至少感觉不明显。他把它举到嘴边,用他敏感的嘴唇、牙龈和那颗牙齿,细细品尝它那木头的、带油漆的、黄色的、立方体的味道,直到把它完全弄懂。

接着他看到一把红色的塑料锤,真红啊,他都能感觉到它贴在脸上热乎乎的。他用自己的嘴、舌头和唾液,把它每个凹凸起伏的地方和各个角度都舔了一遍。

就这样,十分钟后劳拉姨妈发现他的时候,他正心满意足地啃一只玩具袋鼠的脚。

这一天就在玩耍、吃饭和睡下午觉的混沌中过去了。偶尔,彼得会想起他应该去找魔杖,接着他的思想就会被美味的食物拴住,真好吃啊,他恨不得把整个身体都浸在里面,或者,他会被歌声所吸引,那些歌里说的事情真奇怪,需要他用全部的注意力去听——一个女人住在一只鞋里,一头牛要跳到月亮上去,一只猫掉进了井里;或者,他又会看到一样东西,需要他把嘴巴张开。

将近傍晚的时候,劳拉姨妈把午睡中的他抱下楼,放在婴儿围栏外面的地板上。彼得睡了一觉后精神抖擞,决定重新开始。魔杖很可能在厨房里。他正往门口爬去,突然注意到他的左边有一双脚,脚上穿着一双熟悉的鞋子——他的鞋子。他的目光顺着那两条腿移到了扶手椅里那个男孩的脸上。男孩皱着眉头。

这次,彼得克制着自己的恐惧。他知道解决这件事只有一个办法。他爬过去,拉扯着让自己站起来,他气还没有喘匀,就直接对肯尼斯说话了。

"听着。你不能再用那种眼光看我了。你没有理由不喜欢我。我没有什么问题。我完全没毛病……"

就在他说这些话的时候,房间开始发光,开始翻转和缩小。突然,彼得发现自己坐在椅子上,婴儿肯尼斯站在他的两个膝盖之间,想要告诉他什么。

彼得把婴儿抱起来放在腿上。肯尼斯小心翼翼地伸出手,按了按彼得的鼻尖。

"叭叭!"彼得大声说。

婴儿的手迅速缩了回去,脸上一时间露出一丝惊慌,接着就变成了微笑,然后是大笑。即使彼得讲了全宇宙最机智、最滑稽、最冒傻气的笑话,也不会有谁笑得比肯尼斯更开心了。

彼得越过婴儿的头,看着坐在房间另一边的凯特。"我其实并不认为他是怪物。实际上,你知道,我还蛮喜欢他的。"

凯特什么也没说。她不相信他的话。

"我的意思是,"彼得继续说,"我认为他很优秀。"

"嗯。"凯特说。她放下了魔杖。"如果你说的是真心话,就跟我一起用婴儿车推他去公园玩玩吧。"她相信彼得肯定不会接受这个挑战。

"好啊!"彼得说,让妹妹大吃一惊。他站了起来,怀里仍然抱着婴儿:"我们走吧。会有一些奇妙的东西给他看的。"

凯特也站了起来。"彼得,你没事吧?"但是哥哥没有听见。他抱着肯尼斯走进门厅时,大声地唱起了歌:"黑羊咩咩叫,你可有羊毛……"

第七章

大人

每年八月，福琼一家都会在康沃尔海岸租一间渔民小屋。凡是见过这个地方的人，都会同意这里简直就是天堂。一出门就是一片果园。再往前是一条小溪——比一条沟大不了多少，但是要玩筑大坝就很有用。再往前，在一片灌木丛后面，有一条废弃的铁轨，曾经用来从当地一个锡矿运输矿石。顺着铁轨往前半英里外，是一条用木板封住的隧道，小孩子们不许进入。小屋后面有一个几平米见方、灌木丛生的后花园，直接通向一片宽阔的马蹄形海湾，海湾边缘环绕着细细的黄沙。海湾的一头有山洞，它们又深又黑，足以让人害怕。退潮时，礁石间会出现一些水潭。从上午晚些时候一直到黄昏，海湾后面的停车场里有一辆卖冰淇淋的车子。海湾边有六座小屋。福琼家跟八月份来的另外几家人都认识，关系很好。十几个年龄在两岁到十四岁的孩子聚在一起玩耍，组成了一个高矮不齐的小团伙，名号是"海滩帮"——至少他们是这么称呼自己的。

最美好的时光是傍晚，太阳缓缓地沉入大西洋，几家人聚在某一家的后花园里吃烧烤。饭后，大人们只顾着喝酒水，没完没了地谈天说地，根本顾不上打发孩子们上床睡觉。这个时候，"海滩帮"就会在宁静的暮色中悄悄溜出去，回到他们白天最喜欢的地方。只不过此时多了神秘的黑暗和奇怪的阴影，多了脚下冰凉的沙子，多了在偷来的时间里追逐游戏的美妙感觉。睡觉的时间早就过了，孩子们知道大人迟早会从谈话中醒过神来，然后夜空中就会响起一个个名字——查理！哈里特！托比！凯特！彼得！

有时，大人们的喊声传不到在海滩尽头玩耍的孩子们耳朵里，他们就会派格温多琳来喊。她是"海滩帮"里三个孩子的大姐。因为她家的小木屋里住不下，格温多琳就跟福琼一家住在一起。她的卧室紧挨着彼得的。她看起来那么郁郁寡欢，似乎总是在想心事。她是一个成年人——有人说她已经十九岁了——总是和大人们坐在一起，但并不参加他们的闲聊。她是医学院的学生，正在准备一场重要的考试。彼得经常没来由地想起她，却不知道是为什么。她有一双绿色的眼睛，一头姜黄色的头发几乎可以说是橙色的。她有时会深深地盯着彼得看很长时间，但很少跟他说话。

她来接孩子们的时候，光着脚，穿着破旧的短裤，慢悠悠地穿过海滩，一直走到他们跟前才抬起头来。她用平静、忧伤、悦耳的声音说话。"你们快来吧。该睡觉了！"然后不等他们抗议，也不再说第二遍，她就转身离开，脚在沙子里拖着。她这么不开心，是因为自己是大人却又不喜欢当大人吗？很难看得出来。

彼得快十二岁那年在康沃尔度夏的时候，开始注意到孩子和大人的世界有多么不同。你也不能说爸爸妈妈从来没有好好玩过。他们去游泳——但从不超过二十分钟。他们喜欢打排球，但只打半小时左右。偶尔他们禁不住劝说，也玩捉迷藏，或火鸡抓小偷，或用沙子搭一个巨大的城堡，但这些都是很特殊的情况。事实是，只要有一点机会，所有的大人都会选择在海滩上沉迷于下面三种活动之一：坐着聊天、看书或看报、打盹儿。他们唯一的锻炼（如果能称之为锻炼的话）就是长时间无聊的散步，其实散步只是给继续聊天找借口。在海滩上，他们经常看手表，而且在谁都没有饿的时候，就早早地开始互相提醒说该考虑准备午餐或晚餐了。

他们给自己发明了一些差事——去找住在半英里外的临时工，去村子里的汽车修理厂，或者去附近的小镇购物。他们回来时抱怨假日交通拥挤，当然，正是他们造成了假日交通拥挤。这些不安分的大人，经常到小路尽头的电话亭去打电话，打给他们的亲戚、工作单位或已成年的孩子。彼得注意到，大多数成年人都要开车去买一份报纸——一份合适的报纸——之后，才能愉快地开始一天的生活。还有一些人不抽香烟就熬不过一天。还有一些人必须喝啤酒。还有一些人没有咖啡活不下去。有些人不抽烟、不喝咖啡就看不了报纸。大人们总是打响指，唉声叹气，只因为有人从镇上回来忘记了什么东西；他们总是还缺一样东西，总是保证明天就去弄来——另一把折叠椅、洗发水、大蒜、墨镜、衣服夹子——似乎只有把这些没用的东西全都搜罗齐了，才能享受假期，甚至才能开始度假。格温多琳却是完全不同。她只是整天坐在椅子里看书。

另一方面，彼得和他的朋友们从来不知道今天是星期几，此刻是几点钟。他们在海滩上冲过来冲过去，追逐、躲猫猫、打仗、入侵，玩海盗或外星人的游戏。他们在沙滩上筑水坝、挖运河、搭堡垒，还建了一个水生动物园，在那里养螃蟹和虾。彼得和另外几个大孩子编了一些故事吓唬小孩子，骗他们说是真的。带触须的海怪从海里爬出来，抓住小孩的脚脖子，把他们拖进海底。要么就是头上长海草的疯子，住在山洞里，会把小孩变成龙虾。彼得编这些故事时太用心了，结果发现自己不敢一个人走进山洞，游泳的时候，如果一根海草擦过他的脚，他都会吓得浑身一个激灵。

有时，"海滩帮"会在陆地上闲逛，他们在果园里建了个营地。有时，他们会顺着旧铁轨跑到那条禁止入内的隧道边。木板间有一道缝隙，他们互相打赌，看谁敢挤过去，进入里面黑暗的隧道。水滴答滴答地落下来，发出空洞的、令人毛骨悚然的回声。还有一些窸窸窣窣的声音，他们认为可能是老鼠。里面刮着一股潮湿的、带着煤烟的凉风，有个大女孩说那是一个老巫婆在呼吸。谁也不相信她的话，但谁也不敢再往里多走几步。

这些夏天的日子，天亮得很早，黑得很晚。有时候，彼得上床睡觉时，会拼命回忆这一天是怎么开始的。早上的事情似乎是好几个星期前发生的。有几次，他入睡时还在努力回忆这一天开始的情景。

一天吃过晚饭后，彼得跟一个叫亨利的男孩吵了起来。起因是一块巧克力，但争吵很快就升级为一场恶语相向。不知什么原因，所有其他的孩子，当然除了凯特，都站在亨利一边。彼得把那块巧克力扔进沙子里，一个人走开了。凯特进小屋里给她脚上的伤口贴创可贴。"海滩帮"的其他孩子顺着海岸溜达开去。彼得转过身，看着他们往远处走。他听到了笑声。也许他们是在议论他。这群人在暮色中越走越远，已经看不见具体的每个人，只能看到一团东西在移动，在忽左忽右地渐渐远去。更有可能的是，他们已经把他忘得干干净净，正在玩一个新的游戏。

彼得继续背对大海站着。突然一阵凉风吹来，他打了个寒噤。他朝那些小木屋望去。隐约能听到大人们的低语声，一个酒瓶塞被拔出的声音，还有一个女人悦耳的笑声——也许是他的妈妈。在那个八月的夜晚，彼得站在不同的两群人之间，海水拍打着他的光脚，他突然意识到一件非常明显而可怕的事情：将来有一天，他会离开那一群在海滩上疯跑的人，加入那一群坐着聊天的人。这很难相信，但他知道是事实。他会关心另外一些事情，操心工作、钱和纳税、支票簿、钥匙和咖啡，然后坐着聊天，没完没了地坐着。

那天夜里他上床睡觉时，这些想法还一直在他的脑海里萦绕。它们并不是令人开心的想法。想到要一辈子坐着聊天，或者上班、做杂事，从来不去玩耍，从来不去真正地享受欢乐，他怎么还能开心得起来呢？总有一天他会成为一个完全不同的人。变化会发生得很慢，他甚至都注意不到。到了那个时候，他这个聪明、顽皮的十一岁的自己，就会变得那么遥远、古怪和难以理解，就像此刻他眼中的所有那些成年人一样。带着这些忧伤的想法，他进入了梦乡。

第二天早上，彼得·福琼从不安的睡梦中醒来，发现自己变成了一个巨人，一个成年人。他试着移动自己的胳膊和腿，但它们都很沉重，他觉得一大早就费这个劲太难了。于是他一动不动地躺着，听窗外的鸟叫，打量着四周。他的房间跟原来差不多，只是看上去小了许多。他感到口干舌燥，头痛，还有点儿头晕。他眨眼睛的时候很疼。他意识到前一天晚上喝了太多的酒。也许还吃撑了，他觉得肚子胀鼓鼓的。话说得也太多，嗓子有点痛。

他哼了哼，翻过身来仰面躺着。他使出了很大的力气，终于抬起胳膊，把手伸到脸上，揉了揉眼睛。手碰到下巴上的皮肤，发出像砂纸一样沙沙的声音。他必须先起来刮胡子，然后才能干别的。他必须行动起来，因为有事情要忙，有差事要跑，有工作要做。可是他还没来得及动弹，就被自己的手吓了一跳。手上布满了粗硬拳曲的黑毛！他盯着这只大胖手哈哈大笑，每一根手指都有香肠那么粗。就连指节上也竖着汗毛。他越看越觉得像一把马桶刷，特别是把手攥成拳头时。

他起了床，坐在床沿上。他身上没穿衣服。他的身体硬邦邦的，浑身都是骨头和汗毛，胳膊和腿上长出了新的肌肉。

当他终于站起来时，脑袋差点儿撞到阁楼间一根低矮的横梁上。"这太可笑……"他刚开口说话，却被自己的声音吓了一跳。像是割草机和雾笛的混合声。我需要刷牙漱口，他想。他朝房间那头的洗脸盆走去，身体压得地板嘎吱作响。他的膝关节似乎变粗、变僵硬了。他走到洗脸盆前，对着镜子审视自己的脸，不得不用手抓住了脸盆。他脸上蒙着一层面具般的黑胡子，看起来像是一只猿猴在瞪着他。

刮胡子的时候，他发现自己知道该怎么做。他看爸爸刮过许多次了。刮完胡子后，那张脸看上去有点像他自己的了。事实上更好看了，不像十一岁时的脸那样胖嘟嘟的，还有了自信的下巴和大胆的目光。相当帅气，他想。

他穿上放在椅子上的衣服，下楼去了。他想，当大家看到我一夜之间长大了十岁，长高了一英尺，肯定都会大吃一惊的。然而，在懒洋洋地坐在早餐桌旁的三个成年人中，只有格温多琳抬起头来，用明亮的绿眼睛瞥了他一眼，就迅速把目光移开了。爸爸妈妈只是咕哝了一句早安，然后继续看报纸。彼得感到胃里不舒服。他给自己倒了杯咖啡，拿起盘子旁那份折好的报纸，浏览第一版。罢工，枪支丑闻，几个重要国家领导人的会晤。他发现自己知道所有总统和部长的名字，还知道他们的故事和他们的目标。他仍然觉得胃里不舒服。他呷了一口咖啡。很难喝，像是硬纸板烧焦后被捣成糊，又在洗澡水里煮过。他还是慢慢地喝着，因为他不想让人知道他实际上只有十一岁。

彼得吃完面包，站了起来。他透过窗户看见"海滩帮"正沿着海岸线向山洞跑去。这一大早的，多么浪费体力啊！

"我要给工作单位打个电话，"彼得煞有介事地向房间里的人宣布，"然后我要去散散步。"还有什么比散步更乏味、更像成年人的事吗？爸爸嘟囔了一声。妈妈说："很好。"格温多琳盯着自己的盘子发呆。

在门厅里，他给伦敦实验室的助手打了个电话。所有的发明家都有至少一个助手。

"反重力机器的进展如何？"彼得问，"收到我最新的设计图了吗？"

"你的图纸把一切都画得很清楚，"助手说，"我们按照你的建议做了改动，然后把机器启动了五秒钟。正如你说的，房间里的东西都开始飘来飘去。我们必须用螺丝钉把桌子和椅子固定在地板上,才能再次开始实验。"

"我希望你们等我度假回来重试,"彼得说,"我想亲眼看看。我周末就开车返回。"

他打完电话,走到外面的果园里,伫立在小溪边。这是一个美好的日子。木头步行桥下的水流发出悦耳的声音,他对自己的新发明感到很兴奋。可是不知道为什么,他似乎不愿意离开这座房子。他听到身后有声音,便转过身去。格温多琳站在门口望着他。彼得又感到胃里发紧。那是一种冷冰冰的、坠落的感觉。他还感到膝盖有点发软。门边有一只古老的水桶,格温多琳把胳膊搭在桶的边缘。早晨的阳光,被苹果树的叶子切割得支离破碎,在她的肩膀和头发上跳动。彼得在他二十一年的人生中,从来没见过这样,嗯,这样完美、诱人、光彩、美丽的东西……他所看到的完全无法用言语来形容。她的那双绿眼睛深深地望着他的眼睛。

"看来你是要去散步。"她轻快地说。

彼得不太相信自己能说出话来。他清了清嗓子。"是的。一起去吗?"

他们穿过果园,走向那条垫高的煤渣小路,那里曾经是铁路的轨道。他们没有专门谈什么事情——只聊了聊假期、天气、报纸上的新闻——尽量避免谈论他们自己。她一边走，一边把一只光滑而凉爽的手放进了他的手里。彼得真心以为他会兴奋得飘到树梢上去。他听说过男孩和女孩，男人和女人，坠入爱河，爱得如痴如狂，但他一直以为那都是人们太夸张了。说到底，你对一个人的喜欢究竟能到什么程度呢？在电影里，那些桥段总是必不可少，男女主人公抽出时间去谈情说爱，凝视对方的眼睛，互相接吻，他总觉得这些都是荒唐可笑、浪费时间的垃圾，只会让故事拖延好长时间。而此时此刻，格温多琳的手轻轻一碰，他整个人就融化了，他想大叫，他想欢呼。

他们来到隧道口，没有停下来商量一下就穿过木板间的缝隙，走进了冰冷的、有煤烟味的黑暗中。他们往里走的时候互相搂在一起，踩在水坑里时发出咯咯的笑声。隧道并不是很长。他们已经能看到远处的隧道口像一颗粉红色的星星一样发着光。走到一半时，他们停了下来。两人彼此站得很近。胳膊和脸仍然被太阳晒得发烫。他们紧紧地站在一起，然后，在动物窸窸窣窣爬动的声音中，在水滴"扑通、扑通"

掉进水坑的声音中,两人接吻了。于是彼得知道,在他快乐童年的所有日子里,甚至在他最开心的时刻,比如在夏天的傍晚跟"海滩帮"一起在外面疯玩的时刻,他也从来没有做过比在铁路隧道里跟格温多琳接吻更刺激、更奇异的事情。

他们朝那道亮光走去时,她告诉他,她将来会成为一名医生和科学家,她要研究攻克致命疾病的新疗法。他们眨着眼睛走到阳光下,在树下找到一个地方,那里有蓝色的花朵开在弯弯的细茎上。他们并排躺在高高的草丛中,仰面朝天,闭着眼睛,周围是昆虫的呢喃。他跟她讲了自己的发明,那台反重力机器。他们很快就可以一起出发,坐进他那辆绿色的敞篷双座跑车,穿过康沃尔郡和德文郡的小路,一直驶向伦敦。他们会在路上的一家餐馆停下来,买巧克力慕斯、冰淇淋和一大桶柠檬水。他们会在午夜到达大楼外。他们会乘电梯上去。他会打开实验室的门,给她看那台机器,机器上有刻度盘,闪着温暖的灯光。他一按开关,他们就和那些桌子椅子一起,飘在空中轻轻地碰撞、翻滚……

他跟她说着说着,一定是在草地上睡着了。跑车,他昏昏欲睡地想，巧克力慕斯，午夜，想多晚睡就多晚睡，还有格温多琳……就在这时，他意识到自己盯着的不是天空，而是他卧室的天花板。他下了床，走到能看见海滩的窗口。远远地，他看见了"海滩帮"。潮水退去了，礁石潭正在静静地等待。他穿上短裤和T恤衫，匆匆跑下楼去。时间已经不早了，大家早就吃完早餐了。他三口两口灌下一杯橙汁，抓起一个面包卷跑到外面，穿过小小的后花园，来到了海滩上。他脚下的沙子已经很热了，爸爸妈妈和他们的朋友们已经准备好了他们的书、沙滩椅和阳伞。

妈妈在向他招手。"睡得真香啊。你需要多睡睡。"

小伙伴们看见他，纷纷喊道："彼得，彼得，快来看呀！"

他很兴奋，拔腿向他们跑去，跑到一半的时候，他停住脚，又一次看了看那些大人。在阳伞的阴影下，他们互相凑在一起聊天。他现在对他们有了不一样的感觉。他们所知道和喜欢的东西，对他来说还只是刚刚冒头，影影绰绰，像在雾中一般。毕竟，前面还有许多的冒险在等着他呢。

格温多琳像往常一样独自坐在一旁，埋头于她的书本和试卷，准备考试。她看见了彼得，抬起一只手。她是在调整

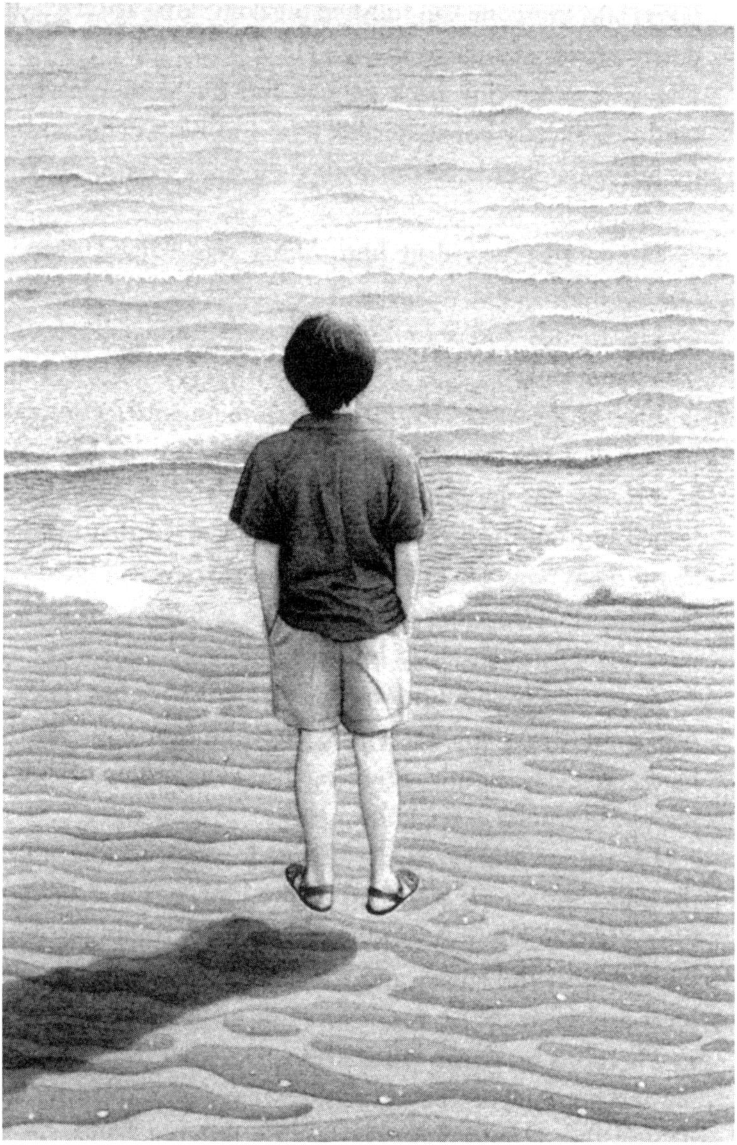

她的墨镜,还是在挥手呢?彼得永远也不会知道了。

他转过身,面向大海。海面波光闪闪,一直延伸到广阔的地平线。大海在他面前一望无际,那么辽阔而陌生。无尽的海浪一个接一个地翻滚而来,哗哗地拍打着海岸,在彼得看来,它们就如同他生命中所有的想法和奇思妙想。

他又听到有人在叫他的名字。妹妹凯特在潮湿的沙滩上蹦蹦跳跳。"我们找到宝了,彼得!"在她身后,哈里特单腿站立,双手叉腰,用大脚趾在沙子里画了个圆圈。托比、查理和小家伙们互相推搡着,轮流从一块礁石上跳进一个咸水坑。在这一切人类活动的后面,大海在起伏、涌动、形成皱褶,因为没有什么能保持静止,无论是人、水,还是时间。

"找到宝啦!"凯特又叫道。

"我来了,"彼得大喊,"我来了!"他开始向水边冲去。当他轻盈地在沙滩上掠过时,感到身体那么灵活和轻巧。我要飞起来了,他想。他是在做白日梦,还是在飞呢?

导　读

成长即"变形"

粲　然

非常有幸我们一起翻阅这本小书。它的作者伊恩·麦克尤恩是当代英国乃至全球文坛最具影响力的作家之一。《梦想家彼得》是他写给孩子的第一本书。

追溯我们的阅读经验，麦克尤恩一定能跻身"最棒故事人"的行列。他具有惊人的想象力和令人眼花缭乱的叙事能力。许多人把他看作巨匠卡夫卡的文学继承者。在很多年前，第一次阅读《梦想家彼得》的那个下午，我也曾好几次倒吸一口凉气——揉揉眼睛——再倒回去重读一遍。没错，只有最高级的作者才能不露痕迹地在作品中施展的障眼法、隐身术、幻术和读心术，他都会。这么多年过去，我始终记得这本小书带给我的惊讶、喜悦和温暖。

现在，我将为你拆解这些叙述魔法的个中秘密——

一、变形和斗法

本书的题词来自奥维德的《变形记》："我的目的，是讲述那些身体被转变成不同形态的故事。"《变形记》涵盖了250个古希腊、古罗马的神话故事，堪称一部伟大且影响深远的"神话辞典"。而小书《梦想家彼得》围绕着小男孩彼得在十到十一岁成长的这一年中所做的七个白日梦展开。在故事里，他遭遇了围攻的洋娃娃、拿到了消失油、单挑了小偷、反霸凌了恶霸、附身为猫和婴儿，甚至，成为梦想中的大人。这不仅仅是"什么变成什么"的简单故事。不，这七个独立的小故事，最后组成致意童年、蔚为壮观的"成长神话"。

为了说明这件事，且让我们回顾记忆中最深刻、最宏大的一场"变形"。它发生在《西游记》第六回。玉帝降旨调遣二郎神赶赴花果山剿灭猴精,二郎神遂与齐天大圣鏖战。故事里,在漫天神仙围观下,二人缠斗三百回合难分胜负。而后,大圣变成麻雀,二郎神变成老鹰;大圣变成鸰鹚,二郎神变成海鹤;大圣变成小鱼,二郎神变成鱼鹰;大圣变成水蛇,二郎神变成灰鹤;大圣变成花鸨,二郎神变出弹弓来射它;大圣就地一滚,变成小土地庙,二郎神就要冲过去砸门撞窗……这是一场连轴转的、精妙绝伦的"变形"。在此之中我们知道,施展"变形"幻术的原因是"斗法",而"斗法"的根本目的是"突围"。

《梦想家彼得》所记载的一系列"变形"也是一种"斗法",但和《西游记》不同,彼得的对手不是二郎神。作为一个大人眼中"喜欢一个人呆着,想想心事""太过沉默让人感到不安"的"问题儿童",他的对手是谁呢?

显然,在这本书七个不同的故事里,彼得面对了看似完全不同的对手,以至于他需要不停调动想象力,不断在幻想中变形,促发心智来跨越之前无法理解的环境变迁抑或关系变动,并完成非常重要的**成长突围**。

在《洋娃娃》里,重要的不是现实中彼得和凯特兄妹分房生活，而是彼得经由了被洋娃娃围攻的想象，完成了在多兄弟姐妹家庭里中，对于"公平""强弱"和"秩序"的理解，正式完成了和妹妹在物权上的心理划分；在《猫》里，重要的不是现实中长期陪伴这个家庭的威廉猫的离世，而是彼得经由和威廉老猫的"交换身体"的想象，理解了动物生命的尊严，进行了自己与爱宠之间极其重要的告别；在《消失油》里，重要的不是现实中彼得是不是愿意、什么时候愿意加入星期六后花园的家庭活动。世界上大部分人都持有某种爱的"功用主义"，隐约认为"爱"最好是"对我有用时存在，给我造成麻烦时消失"。彼得经由"使用消失油让全家都消失"的想象，触达了"爱"与"保持自我"或"顺应他人"之间的界限；在《恶霸》里，重要的不是现实中彼得勇敢的"反霸凌"的行为，而是孩子突然理解了"想象塑造强者"的定律。他灵光一现，发现"是我们把他想象成学校里的恶霸。他其实并不比我们任何一个人更强壮。我们想象出了他的能量和力气。我们把他变成了现在的样子"。想象一经被识别，就得以消解。而彼得也经由"逆反想象"，让自己和"恶霸"摆脱了力量强弱的关系怪圈；在《小偷》里，重要的不是现实中这条街上行窃的小偷是谁,而是经由想象,作为孩子的彼得怎样以解决问题的态度,跨越对社区公共事件的恐惧和不安全感;在《婴儿》里,重要的不是现实中大孩子彼得和婴儿肯尼斯能否和平相处,而是同样经由"交换身体"的想象,彼得站在婴儿的角度感知了对方的体悟;在《大人》里,重要的不是现实中彼得是不是进入了青春期,对格温多琳是不是怀抱着少年情怀,而是经由成为大人的想象,他不再惶惑于成长本身,不再执拗于孩子和大人有什么不同,他真正接纳了"没有什么能保持静止,无论是人、水,还是时间"。

在成长过程中,现实很重要,但如果没有跟得上现实变动的心灵成长,我们都会成为困于大人身躯里的"巨婴"。而这本美妙的小书,恰恰记录下那些极其重要的瞬间,为了与形形色色的**成长困境**"斗法",心灵呼唤"变形"的白日梦,完成突围,让真正的成长显形。

二、 彼得即你我

作为高超的隐喻大师,麦克尤恩选择了一个极具象征的形象——十一二岁、酷爱做白日梦的"问题小孩"彼得——来描述人生中循环往复出现的"成长蒙昧阶段":与他人互不理解、感受到强弱失衡、陷入孤独、失去自我发展动力。它不仅发生在青春期,不仅发生在儿童蜕变为少年时,真相是,它发生在人生每个阶段。

无怪乎这本小书在出版的过程中,英美两国将之归为"儿童文学"类,而其他国家出版了较为严肃的全龄版本,而作者本人则希望"用孩子能理解的语言为成人写一本关于孩子的书"。在我看来,这本以梦想与想象突围的"成长小说",实则讲述了跨越身份的平等、放弃自私的理解,以及,穿越恐惧的勇气和责任。

在枯燥的课堂上,在日复一日的工作里,在时有破漏的亲密关系中——我们都曾像彼得,肉身被禁锢于某个成长困境,不得不驱动想象,任由梦想上穷碧落下黄泉,变换自我,以求脱困;也曾像彼得,在思维里完成了意识自洽,才能真正改变某个日常行为。梦想的"变形",就是成长的先驱。

《梦想家彼得》这本书,需要我们三次阅读。第一次,读"变形"的幻术,读麦克尤恩;第二次,脱离彼得的既定视角，读"猫""小偷""恶霸""婴儿""大人"——读"他人"，读种种误解与视角转变。第三次，读我们自己的梦和成长。

来，开启这一场阅读中浩大澎湃的近景魔术吧！

Ian McEwan
The Daydreamer
Copyright © 1994 by Ian McEwan
This edition arranged with ROGERS, COLERIDGE & WHITE LTD (RCW)
through Big Apple Agency, Inc., Labuan, Malaysia.
Simplified Chinese edition copyright © 2024 Shanghai Translation Publishing House (STPH)
ALL RIGHTS RESERVED.
Artwork © Anthony Browne

图字：09-2013-934 号

图书在版编目（CIP）数据

梦想家彼得 /（英）伊恩·麦克尤恩（Ian McEwan）著；马爱农译. — 上海：上海译文出版社, 2024.2
书名原文：The Daydreamer
ISBN 978-7-5327-9399-0

Ⅰ.①梦… Ⅱ.①伊… ②马… Ⅲ.①中篇小说—英国—现代 Ⅳ.①I561.45

中国国家版本馆 CIP 数据核字（2024）第 019667 号

梦想家彼得
[英] 伊恩·麦克尤恩 著　马爱农 译
责任编辑 / 管舒宁　装帧设计 / 千巨万工作室

上海译文出版社有限公司出版、发行
网址：www.yiwen.com.cn
201101　上海市闵行区号景路 159 弄 B 座
上海市崇明县裕安印刷厂印刷

开本 890×1240　1/32　印张 5　插页 2　字数 52,000
2024 年 2 月第 1 版　2024 年 2 月第 1 次印刷
印数：0,001—5,000 册

ISBN 978-7-5327-9399-0/I・5872
定价：68.00 元

本书中文简体字专有出版权归本社独家所有，非经本社同意不得转载、摘编或复制
如有质量问题，请与承印厂质量科联系。T: 021-59404766